KB164170

생각에 걸려 넘어지다

캘리그래피, 일러스트 _ 김익중

# 생각에 걸려 넘어지다

김 용 하

시인 김용하는 충남 논산에서 출생하여 강경여고와 경희대학교 국문학과를 졸업했다.

4.19전국혁명시모집 최우수로 등단(조지훈 시인 추천)하면서 작품 활동을 시작했다. 1989년 《시대문학》으로 재등단하였으며 그간 『바람의 귀엣말』『언제 가면 되나』『바람의 자리』『산의 끝 물의 끝』『겨울나무 사이』『이어도가 나요』『눈 뜨는 날』 등의 시집을 상재했다.

동시집으로는 『파란나라 무지개』『무지개다리는 몇 개』『구름동동 나비 훨훨』(세종도서문학나눔 선정) 등이 있으며 경기도예술공로상, 순수문학 대상, 군포문학상 등을 수상했다.

군포문인협회 회장을 역임했고 지금은 여성문학인회, 한국시인협회, 한국문학회, 가톨릭문학회 회원이며 펜문학 한국 이사로 있다.

yongha_kim@naver.com

아직 어둠이 짙은 새벽, 해는 제 시간에 제 자리에 와 하루를 시작하겠지, 서문을 쓰려니 왜 초등 3학년 생각나나. 어려운 시절, 책 보다는 밥이 우선인 때, 반 친구는 『맹견 등대』라는 만화책을 학교에 가져와 자랑이다. 본 다음, 나 좀 빌려주면 안 돼? 해봤지만 거절이었다. 못 본 그 책이 내게 와 구구거린다. 별 일 아닌 별일이 평생 시를 쓰게 되는 계기가 되었나?

함몰陷沒 부위에 핀 꽃인가? 영국의 진아·유빈, 목동의 범서 그리고 청소년 모두는 다 내 손주 같아. 육신의 양식은 세상이 먹여 키우지만, 영혼의 양식은 조금이나마 내 손으로 먹였으면 좋겠다는 간절한 마음을 여기 심는다.

넘어져 봐야 다시 일어선다. 작고 연약한 뿌리 이제 내 손을 떠나 꽃피고 열매 맺어 세상 돌며 사랑받았으면 좋겠다. 삽화 그려준 내 친 조카 익중아, 고마워!

1부

# 행복 찾아가기

2부
너를 사랑해

3부

하 나 의 세 상

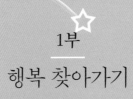

1부
행복 찾아가기

6.25가 발발한지 70여 년 아직 휴전상태. 통일은 언제 되나? 국민이라면 모두가 바라고 원하는 숙원사업. 나이 들어갈수록 멀어지나 두려운 마음 깊어지고, 이산의 아픔을 가진 가족들은 더욱 초조하기만 한데, 아무 대책 없어 답답한 일. 어릴 때 손 놓아 흩어진 가족 나이 많고 한둘 유명을 달리해 이젠 얼굴조차 모르네. 신세대에 장성했으니 더욱 모르지. 사촌 친족 모르는 비극이 이것이구나. 난세에 영웅이 나고 전후세대에 문학의 전성시대는 이어질 전망. 우리 세대가 바로 그 세대 아닐까?

이 마음 현실과 내용을 써서 남겨야 후세에게 바른 역사를 심어주는 일. 그 일이 바로 지금 우리가 할 일이다.

# 도라산 역

이별을 모르는 산 강
북에서 건너 온 솔바람 꽃피어
낯가리지 않고 품에 안기네

내 탓인 걸 모르고 살아 온 70여 년
나무들 풀들 사천강을 건너
원덕산 유월 나무 그늘에 쉬는데
전쟁이 무서워 새소리에 움찔,

서울에서 도라산까지 한 시간 못 걸리고
도라산에 개성의 큰소리 다 들리니
지척천리咫尺千里가 만리萬里구나
사람이 사는 곳인데 왜 이리 먼 것이냐?

새들이 하늘 경계를 지우고
구름이 한 몸으로 비 뿌리는데

골 깊은 가슴 나무들이 메웠는데

경의선 차소리 아직 먼 것이냐?

내친 걸음으로 신의주까지 갔으면 하고…

살며 작은 방패 하나 쯤
내 것으로 갖고 있으면 된다.

사람이나 생물이나 세상에 나와 살면서 겪는 어려움은 매한가지. 언제나 병 날 수도 있고, 살면서 발생하는 괴로움 닥칠 수 있다.

　봄꽃들 차츰 따뜻해지는 날씨를 사는 게 보통인데 가을에 핀 민들레는 차츰 추워지는 날씨에 사니 어려움이 닥칠 수 있지.

　우리가 글 쓸 때 예측하는 일까지도 써야 되는 섬세함을 보여야 한다. 글 제목은 계절이나 시사적인 것, 자기 마음에 담아 있는 내용을 쓴다.

　쓰는 글은 나 혼자 보고 두는 게 아니고 객관화하여 제삼자가 알아야 한 내용이나 감성적인 글을 남겨 주는 것을 원칙으로 한다.

# 가을에 핀 민들레

봄인 줄 알고 헛발 디딘 너
참 따뜻해 봄인 줄 알았지?
갈 곳 몰라 여기 왔을 테니
어쩌겠니? 가을을 살고 가야지

시절을 바꿔 잡았으니
봄이 아닌 가을을 살아야지
역으로 살자니 고생 이만하랴
갈 길 찾으랴 헤매다 마는 일 아니기를
사람이나 민들레나 매일 사는 처음이라
시행착오는 늘 생기는 일상이지

**사랑하는 힘은** 어디서 나오나? 서로의 평화와 행복을 위해 사랑을 간수한 나라, 나는 부모님의 헌신적인 사랑의 산물이요, 또 사랑의 대상이다. 언제나 돌봐주시던 부모님의 손길은 잊을 수 없는 기억 속에 살아 있다.

 나 어려운 병마에서 일어 날 수 있었던 치료의 따스한 손길, 꿈에 미소로 다가오시는 어머님. 그 보드라운 손길은 못내 살아내는 의미와 힘이 되었다. 무조건의 사랑을 주셨던 분 생각나는 날 그 말을 써 보고 싶다. 자연스러운 발상이다.

 나라는 존재는 부모님이 주신 생명과 키워 주신 은혜의 산물이다. 지금쯤은 부모님의 은덕을 기리고 감사드릴 나이가 되었다. 내 솔직한 마음을 글로 쓰는 게 얼마나 좋은 일인가? 모든 사람은 부모님의 정을 마음 깊이 새겨봐야 된다.

# 누구나 다

불 밝혀 살아가는 내용을 쓰는 일
머리 맞대 궁리하며 발전하는 일
여린 꽃 대궁 마른 씨 촉 틔워
역사의 맥박 시작이다

일차세계대전을 배우고
이차세계 대전을 치룬 사람들
일본의 학정 36년 만에 나라를 찾아
6.25전쟁, 동족 가슴을 겨누어
70여년 숨 막히는 세월 살아낸 세월이다

열심히 세계 경제 12위권에 들어
나라의 발전을 이루고 민족을 배웠으니
서로 사랑해 국민된 도리를 다 하고
아이들을 낳고 가르치면 된다

오늘 처음 사는 날이네, 사람은 불안전한 상태에서 살기에 무엇 할지 늘 생각한다. 한 끼 굶어보니 우선 배가 고파 먹을 것 찾기 마련인 사람.

품위도, 공부도, 놀이도 다 먹은 후에 생기는 에너지다. 처음 원시인은 자연에서 얻어진 열매나 식물의 뿌리 등, 자연스럽게 얻어지는 것을 먹이로 삼았다.

조용하고 바람직한 생활이지만 발전된 오늘은 연구의 결과로 모든 사회구조가 과학적이고 복잡한 인구밀도에 따른 다양한 생활로 변했다. 요즘 사는 변천과정을 알아보고 써보며 새로운 발전을 받아들이는 것도 발전으로 가는 길 아닌가?

문화의 눈부신 변화는 이기적인 욕구 충족만을 바란다. 새로운 이론을 기록하는 모든 과정이 유지와 지속을 위한 더 큰 발전을 도모하는 방법이오, 기록으로 남을 것이다.

# 사는 의미


먹고 마시니 맑은 정신 다가 와
친구 만나 장난치고 웃자 하네
편하고 즐기며 행복하지만
사는 게 무얼까?


원시인들 한 벌 걸치고
먹을 것 사냥이나 농사였는데
요즘은 공부하고, 시험보고
연구하고 발전하는 시절이라
치열한 경쟁에서 독하게 살아야 되나?


생각 속에 발전만을 입력하여
개미처럼 일하고, 벌처럼 부지런히
오늘 좀 더 나은 생활을 위해
기쁘고 즐거운 행복 찾아가는 길인가?

**해를 본다.** 달을 본다. 나날이 변하는 달의 모습에서 보름이구나, 하연달이구나, 초승달이구나 보고 느낀다. 자연을 보며 아름다움을 쓰고 싶은 마음이 일어난다. 아, 나도 이렇게 자연을 본대로 표현하며 시를 쓸 수 있구나, 나에게 칭찬해주고 싶다. 그리고 또 쓸 수 있다는 자신감이 가슴 벅차게 밀려온다.

자유로운 글쓰기를 할 수 있는 한글이 왜 이렇게 위대하냐? 한글의 힘! 고맙다. 보이는 산천의 모습, 내 마음 상태, 표현 못하는 낱말이 없다. 내용이 그렇다. 세종대왕의 업적이 새롭게 다가와 감동을 준다. 계절의 아름다운 풍경을 쓰고, 내 고마운 분들에게 고마웠다는 내용을 쓰고 내 일기를 쓴다.

# 하늘

자고나니 보름달이 지워진 하늘에
새 한 마리 날아간다
해는 뜨고 별들이 지워졌다

날마다 오가며
표정 없이 살아간다
남도에 장마져 휩쓸어 간 집들
하늘은 가끔 성나 평지풍파 일으킨다

자연과 마음이 안 통해
행복은 어디 사나
하늘의 뜻인가

　**행복한 생각 속**에 나를 묻어라. 그리고 행복해지는 일을 하라. 불행을 자처하며 산다면 끝이 없는 불행에서 헤어 날 수 없다.

　행복한 이야기를 하여 나 자신도 행복하고 나를 대하는 모든 사람에게 내 행복이 전달되어 함께 행복해진다면 의도하는 행복이 완성되는 거야. 행복 바이러스에 감염된다는 것은 행복이 정착해 굳건해진다는 이야기야.

　어려운 공부도 즐기는 마음으로 가벼운 마음으로 시도하면 알아가는 재미에 다다른다. 쓰는 일은 다 재미 있어 저절로 쓰며 외워 진다.

　긍정적인 내 마음이 작용될 때 쓰며 행복하고 지속되는 노력에 가중치가 붙으면 공부가 더 재미 있어 자꾸 쓰고 익히게 된다. 내게 주어진 시간을 놀리지 마. 아까운 시간 낭비하지 마.

# 가벼운 생각

굳이 셈 속에 들어
그때가 몇 살이더라
나이에 들어 있는 기억이 뭐더라

내 생일 무슨 요일이며 선물은?
왜 숫자에 매달려 고민하는 데
다른 더 좋은 일이 없나 생각해
주머닛돈 액수에 고민하고
성적 점수 몇 점인가? 몇 등인가
숫자에 약해 매달리는 것 부담이지?

이 순간, 제일 귀한 나의 시간
제일 중요한 일을 하면서 즐기는 거야
내 좋은 일 하며 진가를 발휘하는 거야

**살다 보면** 살벌한 경쟁의 마당에서 상대를 만난다. 학교생활 교실의 전원 중 1인으로, 전교 학생 수 대 1인으로 매번 맞서 치열한 경쟁이다. 최선을 다 하는 모습으로 대처할 뿐, 그 이상도 이하도 아니라는 것을 터득하기까지는 상당히 걸리는 시간이 필요하리라.

일정 기간의 수련이⋯. 건너봐야 강물의 깊이를 알고, 올라가 봐야 산의 높이를 알 듯, 단언하기 힘들지만 이것이 현실이다. 나보다 월등한 사람들 틈에서 내 노력의 대가가 별 수 없구나 하는 비관을 하기 보다, 기회를 본다는 현명한 판단이 우선이다.

현실은 질 수도 이길 수도 있는 변수를 인정해야 된다. 인정하는 훈련으로 다져지지 않으면 부정하게 된다. 어리석은 생각이다.

당당하고 과감하게 다음의 기회를 대처하는 방법도 있으며 다른 방법으로 더 잘 될 수도 있다. 그래서 항상 노력하며 기다리는 거다.

내 생의 기록이 내 후손이나 차세대에 귀감龜鑑이 될 수 있기에 전수하며 사는 거다. 헛되이 살았다는 기록은 나에게는 없다, 로 일관하기를 고대한다.

# 리우 우리 탁구

먼저 두 게임을 이긴 여자 복식 탁구
세 번째 게임을 앞서거니 뒤서거니 지고
네 번째 게임을 지니 다섯 번째 게임 지속돼
다섯 번째 어이없이 지고 나니
웃고 울고 하는 장면이 다가 온다

그래! 질 때는 양보, 이기면 정당한 승리
사람 사는 연극이 리오 무대에 올랐다
먹고 사는 방법이 줄줄이 엮인 인생
선수요 심판이요 감독이요
박수치며 즐기려 모여든 관중석
삼박자 맞아떨어진 무대 아닌가?

행복한 생각 속에 나를 묻어라.
그리고 행복해지는 일을 해라.

**사람은 경쟁에 열광한다.** 승부욕은 생각하는 사람에겐 누구나 가지고 있는 본성이다.

경쟁심을 부추기고 공부나 운동 시합에 반영하여 상대를 의식하며 자기쪽 승리를 노린다.

올림픽은 각종 운동경기를 통해서 세계적인 소통과 화합의 장으로 삼는 거창한 세계의 잔치이다. 큰 마당에 모여 관람하고, 소통하며, 즐기고, 나라의 고유문화를 자랑하며 시합으로 진가를 나타낸다. 이번 리우올림픽 31회는 참 대단한 잔치였다. 축제를 흥겹게 기록 보관하여 몇십 년 지난 후 다시 보면 얼마나 신기할까?

글의 용도는 위대하다. 오래 유지하고 도움되는 역사를 기록하여 앎의 자유로움을 누릴 수 있다. 당시 일을 놓치면 사실과 어긋날 수 있어, 봄엔 봄의 기록을 여름에 쓰는 것은 시절 감각이 떨어질 수 있다. 항시 때를 맞춰 실감나는 글을 쓰는 게 좋다.

# 31회 올림픽 열기熱氣

TV 리우올림픽 축제에 날 불러 앉혀

삼바 춤추며 개막식이더니

2016년 8월 22일 폐막식 벌써야?

시 쓰려는 나 열광에 휩싸여

삼바 박자를 놓쳐버렸네

시답지 않은 시 맴돌아

흩어진 조명 아래 돌고 돌아

패배의 기억은 버리고 땀을 씻는다

고지를 넘나들며 이기고 진 자 영원하라

어우러져 춤추니 세계는 하나

어둠은 걷히고 밝은 내일이 온다

**천수답이 갈라졌네.** 쩍쩍 마르고 사람마저 목이 타 하늘을 보며 언제 생명수인 비가 올까?

목 늘여 기다린다. 다 죽은 후에 온다면 어쩌지? 설마 그러기야 할까? 긴급한 사항이 벌어져 티브이가 더 야단이다. 연일 갈라진 논바닥을 보여주고, 시든 채소를 보여주며 긴급한 사항으로 치닫는 시정을 방송한다. 수천 년 동안 그런 적 많을 거다. 올해 만이 아니겠지, 생명수가 얼마나 중요한가를 배운다. 물이 얼마나 귀하다는 것을 재차 배운다. 생명수가 사람을 살리고 죽이는 구나.

호소문이라도 써서 스스로 위로하며 때를 기다린다. 생명의 위기를 써 본다. 나약한 인간의 한계를 써 본다. 흔한 물 쯤이야 하던 마음이 변하여, 고마운 생명수 함부로 대하던 반성의 글을 써 본다.

물, 물. 옛날 어머니가 그러셨다. 세숫물 많이 쓰지 마. 죽으면 그 거 다 네가 들이키는 물이란다. 하셨는데…

# 가뭄

연일 위험속보 스마트폰에 떠
사람을 충격시키는 제보
지상은 36도로 타고 있단다
물 없는 도서 지방에 물배달하는 수차
시들부들 가로수에 달린 시가 마르고
나무가 주는 푸르름도 지쳤다
대지를 적실만한 말이 없으니
먼지로 날아가는 세상인가
병균은 다 말라 물기 찾아 떠나가버리면 좋고
건강은 새 것으로 바꿔 대기하여
비오는 날 생명을 촉촉하게 적셔볼 일이다.

가을 들판에서 풍요
를 만난다. 사람들은 곡
식을 거두고 새들을
쫓아버리지만 새들은
한 철의 풍년이 마치 저희를 위한 농사라 여기는지 떼로 몰려와 벼
이삭을 까 먹는다.

논둑에 심은 콩은 탱탱하게 여물고 들국화 보라색 꽃들이 가을바
람에 흔들리며 개천 둑 길 키 큰 코스모스 색색무더기 너무 아름다
워. 가을의 풍경, 한창 아름다움이 널렸네요. 무엇을 먼저 쓸까? 지칠
만큼 가을 들판에 살아 나풀대는 식물들 거두는 흥겨운 노래.

이 아름다운 정경을 그냥 지나치면 하늘이 노할 거야. 가을노래 지
어 읊어 가을을 음미하자. 자연스러운 발상이다. 있는 그대로 서술하
면 된다.

# 가을 들판

하늘 향해 제단이 된 볏단
가을 정상에 올리는 노래는
오곡백과 익혀주고 떠난 계절
하늘, 땅, 바람과 물, 사람들…
가을 한창

처음 깨워주던 봄이 와 매만지던
수줍은 사랑의 봄이더니
햇빛이 바람을 몰고 다니며 장난쳐
만물을 소생시키던 손길이
피워주고 다듬어 꽃피워주더니
그게 결실을 알리는 가을 노래였나?
의문이 빠져나간 알맹이만 소복하게 남아…

모든 일은 목적과 중심을 잃지 말아야 해. 당연히 중심 한계 없이 센다면, 동쪽에서 센다면 끝까지 가기 마련. 그래서 서쪽 끝에서 끝나는 일이지. 중심이 필요해 우리의 할 일 마찬가지. 목적이 없으면 행하는 일들의 한계가 모호하지 목적을 정해서 노력하는 거야.

우리가 충실한 글을 쓰기 위해 제목을 정하는 것처럼 스스로의 삶에도 제목을 붙여줘야 해. 우리는 언제나 목적을 갖고 일을 시작하고, 미리 한계를 정해야 계획적인 일처리가 가능하다. 그럴 때 계획된 일이 빠르게 진척되며 발전을 가져온다.

우리는 글을 쓸 때도 점층식으로 할까 도치법을 적용할까 궁리하는 게 좋다.

# 이상한 일

별을 세기 시작했어

해 뜨는 쪽에서 세면 서쪽별이 없어지고

남쪽 십자성 향해 세다 보니

북쪽별이 또 없어지네

어떻게 된 일이야?

생각하니

중심을 잃으면

절충의 한계가 무너지고

경계가 없어지지

사람이 중심을 잃으면

갈 길 사라져

목적이 없으면

할 일이 없어진다

나무는 흔들어 바람의 속도를 전달하고 바람의 길을 열어준다. 막아 설 수 없는 바람의 길, 보이지 않는 것들의 힘을 안다. 숨 쉬는 우주의 섭리에 적응하며 나무처럼 살아가는 것 아름답다.

　신기하다. 우주는 형태의 짜임에 어느 것 하나 흩어짐이 없다. 순응하는 약한 생명, 숨을 쉬어 생명을 연장하는 바람, 자연의 혜택을 전해주고 사라지는 바람, 써보자 바람의 내력을.

　서로의 상대가 있어 외롭지 않고 살아가는 묘미도 있겠지…

# 나무 수화

나무는 바람과 놀다가 싸운다
봄에 꽃피울 때부터
시시콜콜 나서서 흔들고 때리고
새로 핀 꽃을 떨어뜨리어 아픈 마음
성차지 않은지 떡잎을 후려칠 때 있었지
여름내 비바람에 시달리며
비비고 엄살하고 해볼대로 하지만
갈 길 모르고 아직 혼미해
몸통을 흔들며 빌어 보지만
끈임 없는 싸움의 연속이다가
입김처럼 살살 간질이는 바람에
서로 희망을 버리지 않고 열매로 키우며
가을 결실을 예비한 것이다
겨울 눈바람에 이파리 떨군 나무가
비탈에 서서 가지 흔들어 수화로
만천하에 대고 바람을 고발한다
너무 춥다고 쓰러질 것 같다고....

**긍정적인 생각,** 할 수 있다. 기쁘게 산다. 건강해서 고맙다. 사는 맛을 느낄 수 있어서 참 다행이다. 부모님이 늘 용기를 주시니 더욱 행복하다.

이런 좋은 생각. 날씨 따스하고, 햇빛 밝으니 살맛나는 이 좋은 환경. 누구 붙잡고 좋은 이야기를 나누고 싶은 날, 노트 앞에 놓고 고맙다는 글을 한번 써 보는 거야. 그 감정 오래 가도록 유지한다는 결심도 쓴다.

살기 좋은 나라는 우리 스스로 만들어갈 수 있다. 서로 즐거운 생활이니 잘 할 수 있다. 안 된다는 부정적인 생각을 버리면 된다.

# 할 수 있다

불행을 밟고 올라가다 행복을 만나

꿈과 희망을 향해 갈 수 있다면

따뜻한 인사로 평화를 건네주고

받아서 만나는 다른 이에게 전하여

다 평화일색으로 물들어

슬픔을 달래주는 묘약이 된다면

불행이 발붙일 곳 없어진다면

온통 행복의 터전이 되겠지

즐기며 열심히 일하는 어른들

기쁘게 놀며 배우는 아이들

차들은 교통질서를 잘 지키고

불행한 사람이 없는 마을이 되겠지

마음먹기 따라 가능한 일이야…

**모두가 화합하고** 즐기며 사는 낙원으로 세상을 만든다면 살기가 얼마나 좋을까? 이미 만들어졌다면, 얼마나 더 좋을까? 아니면 내가 그 일을 완성해 세상을 그렇게 만든다면 좋겠다. 그러면서 살아가는 의미를 부여한다.

아직 나의 장래는 보장된 것 없다. 다만 상상 속에 꿈을 꾼다. 잘 꾸며 정갈한 집에서 아름다운 가족들과 꽃이 핀 정원에서 너울너울 춤추는 상상을 하며 슬그머니 웃음이 난다. 꼭 그렇게 되리라 하는 꿈을 키우며, 지금은 열심히 공부하며 내 소질을 찾아 준비해보는 수밖에 없다.

결심이 무너지지 않게 매일 다지고 노력하여 완성된 나를 꿈꿔본다. 자신에게 최면을 걸고 쓰고 결심하고 기술을 익혀 베스트가 되기를 바랄 뿐이다. 우리나라 속담에 지성이면 감천이라 했으니 하늘이 감동하는 정도로 열심하라, 그 말 아닐까?

# 장래

세월이 익을 대로 익으면 너는 장년

줄래줄래 가족을 거느리고

아파트에 살까 주택에 살까?

그때 네 힘들어 흘리는 땀

누가 씻어 줄까?

아들딸 반짝이는 눈을 생각해 봐

지금 놀아 그때 직업 없다면?

돈 줘, 해줘, 안아줘, 그 시중 어쩌고

지금부터 노력해 원하는 일

해내는 힘을 길러야 돼

나를 위해 힘껏 일하면

사회도 발전하고 잘 살게 돼

'노력은 행복의 어머니'라는 속담이 생각난다. 무슨 일이나 처음부터 잘하고 잘 되는 일은 드물다. 시행착오 여러 번 겪으며 제대로 되기까지 많은 고생을 한다는 것은, 이미 들은 바도 있고 눈으로 직접 본 경험도 있다.

그 많은 노력이 쌓일수록, 또한 땀을 흘리고 고생이 결국 성공을 만들어낸다.

'고통은 인간의 위대한 교사다.'(센바흐)라는 말이 생각난다. 땀으로 고통을 이겨 만들어내는 성공, 위대하지 않은가, 자신을 위해 남을 위해 장차 후진을 위한 도움이 되는 일을 해 낸다. 에디슨이 전기를 발명하지 않았더라면 인간이 살기 힘들었겠다.

나도 무언가를 해야 한다. 연구하고 노력한 결과를 기록하지 않으면 1회로 끝난다. 적어 기록하고 쓰는 습관을 실천해야 된다.

# 실수

실수 한 번이면
한 번 더 큰다
하루에 실수 여러 번 하면
여러 번 큰다
실수가 바로 선생님이니까
실수를 인정하는 것은
잘못을 인정하는 거니까
다음에 실수 안 하려고 노력할 테니
실수 여러 번 하다 보면
여러 번 크게 되는 거야

**언어의 성**은 무너지지 않고 잘 쌓인다. 우리 보이는 금은보화만을 선호하고 그것들을 위해 애써 공부하고 노력하며 피나게 싸운다. 배우지 않고도 알아서 잘 싸운다.

싸우지 마! 갈등은 시간을 허비하고 비용만 생겨 망하기 일쑤다. 아직 남은 시간 여유 있는 시간을 통해 친구를 사귀면 좋은 친구를 얻는 것은 천군만마千軍萬馬를 얻는 일이다.

네 인생이 최고의 아군으로 활약해 줄 친구를 만나는 일이야. 무슨 일이든 혼자보다 둘이 하는 일이 성공으로 가는 길이다. 자문을 받을 수 있는 선배 또는 선생님의 말을 새겨듣고, 실행하면 좋은 성공을 기대할 수 있다.

의학박사가 생명을 구출하고, 공학박사가 기여한 결과론은 말로 다 못한다. 평생 이름값과 인센티브를 받아 여유롭게 되는 기회를 놓치면 평생 후회할 수 있다.

# 잠깐

잠깐이라는 함정에 빠질 수 있다

놀이가 게임이 너무 재미있어

가 보니 건지러 간 사람도 빠져버렸네

요행으로 여기 온 나의 행운 외면하지 마,

행복이 옆에 있어도 무관심이면 그만이야

나이와 병행하는 기회 흘러가버리면

언제 오나 기다려도 오지 않아

가면 그만인 행운 세우려해도 안 되

흘러가는 때 기회 놓치지 말고 내 것으로 잡아,

아름다운 내 인생 빛나게 사는 거야

# 사는 동안 방심하면 안 된다.

게으르면 불행의 요소들이 마구 덤빈다. 노숙자를 본다. 젊어 얼마나 놀아버린 거야? 열심히 일하면 잘은 아니지만 살 수 있어.

나를 바라보니 집안은 항상 어지럽게 널려있고, 책상은 지저분하고 공부하는 능률도 떨어지니 성적 또한 나쁘고 친구와 우정도 별로다. 혼자서 외롭고 학교생활 엉망이다.

글쓰기는 자기를 돌아보기 때문에 항상 자기를 살피고 있다가 잘 잘못을 체크해보는 습관이 생겨 고치게 된다. 열심히 쓰는 사람은 자기반성이 우선이 되기에 절대 생활 전반을 통해 모범이다.

그리고 희생정신이 투철해진다. 책임감이 생긴다. 자기를 다지기에 매사 희생이 따르는 일을 마다하지 않아 앞서 나가는 근성이 생긴다. 일기 등 열심히 쓰는 습관을, 공부습관을 병행하여 장래 생활의 확신을 예비해야 한다.

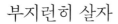

# 부지런히 살자

그림자 밟기로 즐기던 하루 벌써야

나무들 솨 솨 어디를 가는지 자러 갔나

나만 두고 가버렸나

안고 가는 불빛 하나가 희망인가

만 가지 고민 드나들다 해는 저물고

실수가 주는 불행에 끌려 다니며

제대로 풀리나? 게으른 산 자가 희망을 쫓았나?


나 빈털터리 되어 가난을 안고 살면 어쩌지

게으른 순간이 불러온 불행인가?

공기 중 산소가 없다면, 우리는 죽은 목숨 한가지 매번 언제 어디서나 문 여닫지 않고도 바람이 있어 숨 쉴 수 있네. 물, 공기 우리 옆에 늘 있어 귀한 걸 모르는 우리들의 실수 참아주는 세상의 순리.

오염을 유발하여 물, 공기 얼마나 나빠졌나? 용서 받을 수 없는 우리 모두의 죄 인정하자. 함부로 더럽히고 낭비하고, 쉽고 편하게 살려고 세재 남용하고 기름 버리고도 정당화한 나의 실수.

이제라도 자연이 숨쉬는 세상을 만드는 일 시급하다. 정화되는 세상을 만들어야 우리가 산다. 글을 쓰며 조목조목 학인하고 여론화하여 앞으로 환경에 신경 써 정화된 새세상 만들어 살자.

# 고마운 바람

산전수전 다 겪은 바람 산 넘어 온다

바람이 백양나무 숲에서 달려 와
닫아 걸은 문 안으로 들어서
운신 못하던 수족을 펴주고
문 닫아주고 나간다

무한의 새바람 세상에 총총 심어
인사 없이 가버린 사랑 언 땅에 심어
봄을 기다리라 하였던가?
경칩의 새바람이 불 켜주는 밤
등 밀어주던 바람 어디 숨었니?
고맙다는 인사는 받아가야지…

즐거운 마음은
인간이 누릴 수 있는 최고의 자유

2016년 12월 싱가포르에 갔다. 한 달 이곳저곳 여행하며 색다른 곳을 경험하는데 곳곳에 열대의 싱싱한 나무와 꽃들이 시선을 사로잡았다. 특히 부겐베리아 갖가지 색깔의 꽃은 정말 아름다웠다.

가녀린 가지가 나무 등을 타고, 또는 담장을 붙잡아 하늘바라기로 타고 오르며, 불타고 있는 꽃이 약해도 강인한 생의 모습으로 할 일을 하는구나. 사람은 너무 이기적이라 잡은 손 뿌리치며 너는 너 나는 나, 모습으로 살지 않나?

등을 타고 오르는 꽃들 나무는 뿌리치는 일 없이 공생하는구나. 사람은 자식 말고는 이용 가치를 더욱 따져 친분을 결정하지. 자식을 돌보는 일은 철저하지만, 남이다 싶으면 서로 다가가면 부담을 느낀다. 자기 관리를 하는 사람, 품위를 따지는 사람, 권위의식에 취해 사는 사람. 얼굴만큼이나 성격 또한 다르다.

서로 등대고 다정하게 사는 식물의 모습에 사람을 겹쳐 생각하니, 사람은 욕심이 가로껴 이해타산에 얽매인다. 그런 면에서 사람은 많이 부끄럽다.

# 싱가포르에서

파도에 밀려 섬이 되었나
색색의 부겐베리아 여린 꽃 대궁
진한 입술에 입 맞추고 싶다
우직스러운 나무 등 타고 오르는 용기
네 희망은 어디까지야?
한동안 생각하고 내린 결심
꽃 피어 사랑받기까지 가보는 거야
아나로그 시대에서 디지털로 넘어왔는데
고전의 구세대 그대로 눌러 사는 거냐?
예나 지금이나 아름다운 얼굴 뽐내는 거냐?

**말로는 무엇이나 다 쉽다.** 행동이 뒤따르는 게 실천이고 어렵다. 목표를 먼저 설정하면, 그 목표에 충실해야 발전할 수 있다. 가령 부산을 간다 해놓고, 향할 길 반대로 가고 있으면 안 된다.

정확한 목표와 향방은, 목적에 도달하기 빠른 지름길이다. 사람에게 주색잡기는 한두 번 맛들이다 보면 혼나고 야단맞고 해도 다시 하는 것을 보았다. 시작을 않으면 좋았을 것을 호기심이 호기심을 부채질해 실수 연발인 것을 본다. 노름, 게임, 화투, 음주, 흡연, 마약 등을 삼가야 된다.

일기를 쓰자. 나의 잘못을 일기 속에서 반성하며 미래를 꿈꾸자. 좋은 결과로 작용되리라. 자기를 돌아보는 시간의 중요성을 느껴야 반성의 시간을 갖게 되는 거야. 일기를 꾸준히 쓴다면 자연 자기 반성과 평가가 뒤따른다. 고칠 수 있는 자기 약점을 보완하는 시간을 갖자. 후에 다행이라는 생각을 할 것이다.

# 일러두는 말

금지구역에 들어가 보고 싶은 호기심
날마다 또 다른 욕심이 마음에 크고 있지?
가지 말라면 더 가고 싶은 사람의 마음인 거
한 번의 호기심에 끌려가다 보면 두 번은 쉽고
세 번은 더 쉬워 습관이 붙으면 대수롭지 않아
후회해도 고쳐지지 않는 중병이 되는 거야
진흙탕에 발만 빠지면 얼른 빠져나오는데
빠져 바둥대면 깊이 빠져들어 나올 수 없듯이
발걸음 비틀거리다가 넘어질라
반듯하게 앞을 보고 잘 걸으면 넘어지는 일 없다
행동하기 전 충분히 생각하고 천천히 시작하라

무심코 던진 돌멩이에 개구리가 맞으면 죽을 수 있다. 하나의 생명이 지상에서 제거되는 행위, 용서가 되나? 사람이 아닌 이상 생각할 여지없다 생각하면 안 돼. 생명이 죽는 일이다. 사람보다 월등한 그 무엇이 있어 사람 목숨 별 게 아니라고 생각한다면 얼마나 황당한 일인가?

목숨은 귀하다. 불교에서 육식을 않는다. 생명의 존귀함 때문이다. 한 마디 말이 사람을 매도할 수도 비하할 수도 있다. 인격을 손상시키는 말에 말려든 사람 인권침해요, 명예와 인격을 모독하는 한풀이 고소고발의 문제로 확대된다.

옛날 간신 농락으로 참형된 충신을 안다. 함부로 흘린 말, 아직 확신할 수 없는 말을 해 상대의 인격을 손상했으면 명예훼손죄가 성립된다. 남의 말 절대 삼가하여 이 세상 아름다운 말을 유행시키는 일 중요하다.

시인은 가장 아름다운 말로 서정을 이야기한다. 진정, 시인 생활은 육신보다 영혼을 정화하는 일에 더 심취한다. 남을 칭찬하고 격려하자. 아이들을 칭찬하자. 칭찬하면 고래도 춤춘다는 말이 있다.

# 함부로 말하지 마

혀 밑에 숨어 있는 말
함부로 지껄이고 질러대지 마
말 망치 사람의 머리를 친다
너는 농담으로 해댄 말
상대 가슴에 못 박는 일이다

상대의 약점을 들먹여
자존심을 망가트리고 숨통을 조이면
비관하는 사람으로 살게 된다
한 치 혀 살아 날뛰는 총칼이다
쏟아낸 말 주워 담을 수 없으니
생각하고 또 생각해서 말하라
평생 좋은 말만 하고 살아도
나중에 후회하며 살게 돼…

후회는 늘 사람의 뒤에 따라온다. 앞질러 와 가르쳐 깨닫게 해주면 좋으련만 뒤로만 온다. 미처 깨닫지 못하고 실수를 저질러 손해요, 시간 낭비다. 마음 아픈 모든 일, 할까 말까를 망설일 때 가장 불행하다는 버트란트 럿셀 말처럼 지나고 나야 결과를 알기에 시작하기도 전에 겁부터 먹는다면 아무 일도 해낼 수 없다.

물론 치밀한 계획 하에 일을 시작해도 결과는 끝나야 돌아오는 몫이라 예측할 수 없는 일, 사전에 고민하는 것은 어리석은 일 아닌가? 매사 치밀한 공부가 선행되어 실력으로 밀고나가는 힘이 있다면 크게 염려할 이유 없이 과감하게 해본다.

그렇다. 끈질긴 노력과 안내만이 나의 지도자되어 안내해주는 길이다. 라고 생각하며 소신대로 밀어붙이자. 그게 용기 아닌가, 쓰고 연구하고 시험해보고 실행해보자.

# 쉽지 않아

행복해지기 쉽지 않아

병에 매달린 사람 불쌍해서 마음 아프고

무식하면 일생 무시당하는 것 안쓰럽고

가족 누가 아프면 온 식구 편치 않고

불구로 태어난 것 우울하고

사기당하고 도둑맞아 가난하니 딱하고

매연 속에 싸우며 사니 한심하지


말 타면 종 부리고 싶은 시절

우는 사람 옆에서 울 수 없고

슬픈 사람 우는데 같이 울 수 없어

젊어 좋은 데 좋은 줄 모르니 불행한가?

언젠가는 죽어야 하는데

절로 아니고 아프다 죽을 것 뻔하니

불행의 연속이로 구나 살기 쉽지 않아⋯

**확실한 증거를 가지고** 현실파악을 하는 거야. 너의 판단이 오히려 잘못될 수 있다. 돌다리도 두들겨 보라지 않던가? 체험으로 확인한 다음에 믿어야 된다는 말이다,

매사를 그런 식으로 확인한다면 큰 실수를 미연에 막을 수 있다. 우리는 처음 일을 시작할 때 잘 될까? 하는 의문이 침착한 행동이라 한다. 세상이 신용사회라면 의심할 필요가 없이 서로 믿으면 사회는 훨씬 살기 좋아질 터.

왜들 의심하고 갈등하는지, 세상 어수선한 가운데 사기당하고 사업 파산당하고, 고질병에 신음하고 사는지, 행복하기위한 생명들 너무 불쌍하다. 좀 더 밝은 사회에 한 마디라도 충고하고 싶어 써야 된다는 사명감이 생긴다.

시 한 수로 사람의 마음을 정화시키는 능력은 있다. 나 역시 서정 깃든 시를 읽어 마음을 달래 본 기억이 있다. 우리 서로 신뢰의 정이 깊을수록 신용사회가 되어 서로 의심 없이 믿는 사회가 되겠지. 깊은 서정이 깃든 시 한 수 외워 늘 흥얼대며 자신을 위로하자.

# 확신

무엇을 확신하였나?
콩이 물에 젖어 싹을 틔워 콩나물이 되는 것?
아님 땅에 심어 콩을 열게 하는 것
콩 이전의 것을 모르잖아
어떤 세포였을까?
어느 포자였을까?
의문의 세계가 너를 알게 하는 충고야
어디까지 끌려갔다 되돌아오는 길
확신을 찾으려고 노력하는 게 생활이야

**일생의 계획**은 어릴 때 있고 일 년의 계획은 봄에 있고 하루의 계획은 새벽에 있는 것이니, 어려서 배우지 않으면 늙어서 아는 바가 없고 봄에 씨 뿌리지 않으면 가을에 거둘 바가 없다.

새벽에 일어나지 않으면 종일 판단이 흐리다. 공자님 가르침은 이 시대에 적절한 말씀이다. 살아 있는 우리 생활의 원칙을 지켜야 생활을 이어 갈 수 있다.

생각으로만 머물러 있으면 안 된다. 모든 일은 실천을 하는 것이 결과로 이어진다. 단호한 결심을 글로 써서 확인하고 결과를 체크하기에 쓰는 것만큼 좋은 선례는 없다. 실천 과정을 쓰고 결과를 매일 쓴다면 진행은 순조롭게 발전으로 이어지리라.

# 미래 연구

흘리는 땀 속에

미래가 고스란히 들어앉아

나를 기다리네

의사, 군인, 경찰, 사업가, 정치가…

장차 200가지 중 한 직업인이 되어 있을 나

덥다며 미루고

춥다며 못한다면

더우니 굶어야 되고

춥다고 밥 안 먹고 살 수 있나?

네 하던 일 멈추면 생활도 멈춰야 되니

땀은 흘릴수록 누진이 붙어

한 걸음 빠른 거야

열심히 노력하면 내 소망이 오고 있다

'당신은 사랑받기 위해 태어난 사람~' 노랫말이 생각난다. 웃으면 복이 온다는 개그프로가 있었다. 웃는 것은 기분이 좋아지면 표현되는 어쩔 수 없는 자연현상. 웃는 얼굴에 침 뱉을 수 없다.

가장 좋은 감정의 표시, 어쩌면 감정처리가 안 되어 히죽이 웃어 바보스럽다는 평가를 받을 수 있겠다. 감정의 기복이 심하여 판단력이 부족해 일순 흐린 판단으로 웃을 수 있겠지만, 웃으면 어두운 일면을 환하게 환기시키는 힘이 있는 것을 안다.

모두 생활에 활력을 불어넣을 수 있는 환한 웃음으로 어둠을 쫓아내고 밝은 웃음으로 서로의 기분상승을 하면 좋겠다. 더 밝은 내일을 위해~~~

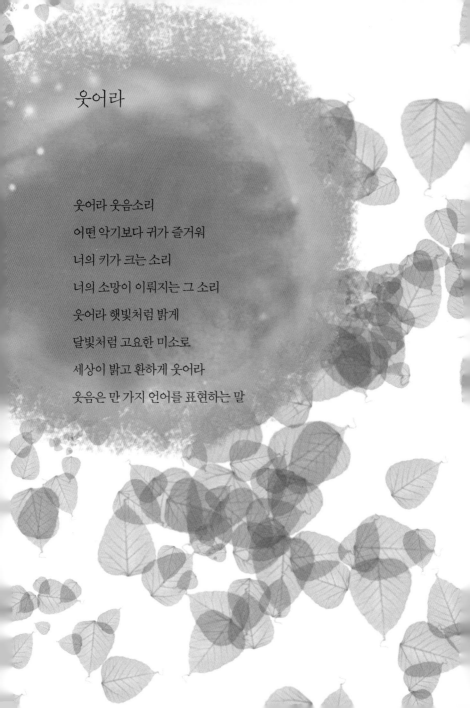

## 웃어라

웃어라 웃음소리

어떤 악기보다 귀가 즐거워

너의 키가 크는 소리

너의 소망이 이뤄지는 그 소리

웃어라 햇빛처럼 밝게

달빛처럼 고요한 미소로

세상이 밝고 환하게 웃어라

웃음은 만 가지 언어를 표현하는 말

**시험 볼 때** 벼락공부는 영락없이 알쏭달쏭 뭐지? 불안한 그림자가 다가온다. 공부한 기억은 있는데 생각은 좀처럼 안 난다. 좀 더 열심히 할 걸 후회한다. 뒤늦게 깨달아 좀 더 하는 노력이 얼마나 중요한가를 이해하게 된다.

시행착오는 노력의 중요성을 깨닫게 한다. 항상 잘 할 수는 없다. 때론 궁지에 몰렸을 때 큰 경험을 얻어 살아가는 방법을 터득한다. 불안했던 경험은 참 좋은 교육이다. 우리 불안했던 경험을 쓰자.

글쓰기를 열심히 하다보면 문장력이 생기고 터득하는 능력이 신장된다. 자신을 돌아보며 긍정적인 사고의 능력으로 이해의 폭이 넓어진다. 자기를 돌아보며 깨닫는 일은 참 중요한 일이다.

병아리가 스스로 알집을 깨고 나와야 먹이를 찍어 먹을 수 있는 힘이 생긴다. 결국 스스로 해내는 일이 장차 창의력으로 이어져 현실의 어려운 여건을 타개할 수 있다.

# 불안을 배워라

불안을 먼저 배워야 마음이 큰다

조바심이 얼마나 해로운지

겪지 않고 배울 수 없지

불안 속에서 불안을 익히면

불안 속에서 반드시 걸어 나 올 수 있다

무서워 잠을 못 자면

건강에 문제 생기지

정신은 멍하고 골이 아프고

선생님 목소리가 안 들리고

아는 것도 쓸 수 없다

장차 가족을 책임져야 되고

나라를 지켜내는 큰 힘을 키우려면

무섭고 불안하고 자신 없으면 안 되지

자신감을 세워 목표에 이르기까지

노력하고 땀 흘려야 된다

# 2부

## 너를 사랑해

**너의 청소년기**를 살고 있네. 축하해 어른이 되기 위한 시기야. 너의 17세가 너를 성장시키는 중요한 시기, 어른을 준비하는 이 시기. 알 것 지킬 것 분야별로 공부할 것은 공부하고, 모르면 책이나 인터넷으로 검색해 봐. 네 궁금증을 다 풀어줄 테니.

못된 게임이나 노름, 마약, 담배 피할 것이 너무 많다. 주변의 못된 어른이나 친구의 꾐에 넘어가면 인생 돌이킬 수 없는 구렁에 빠져 허우적이며 인생을 비관할 수 있다. 가장 어려운 때야. 아직 판단력은 부족하지, 경험은 없지, 달콤한 유혹에 빠지는 시기라는 것을 명심해.

나를 항상 뒤돌아보며 반성하고 다지는 거야. 원칙대로 살며, 교칙에 벗어나지 않고, 부모님 말씀을 유념하며, 학교 친구와 늘 상담하고, 빗길로 들어서지 않으면 돼. 그 시기는 빠르게 지나 네 판단이 옳고 그름을 알 때가 온다. 네 좋아하는 여친에게 편지를 써 봐. 자문을 받아 봐. 비슷한 또래가 서로의 문제점을 해결할 수 있다.

# 변성기

축하해 네 어른되는 목소리
탁한 테너냐 베이스냐?
무리하지 마, 변성을 잘 해야
목소리가 좋아지는 거야
스마트 폰에 빠져 있지 말고
컴퓨터에서 과감하게 헤어나야 해
몰래 야동 클릭해 보고 있지?
어른되면 당연히 알게 되는 일
서두르지 마 무리수가 생긴다
세상을 책임질 네 어깨에
귀신 붙으면 떨어지지 않아
공부 못하게 방해하는 귀신
책 못 읽게 훼방하지
잡다한 문제 일으켜
난처하게 창피주지
한번 고장이 붙으면

거머리처럼 떨어지지 않아

너의 변성기가 어른을 약속하였으니

가정을 지키는 큰 일 배워야 잘 산다

어렵고 힘들 때가
소중한 시간이었어

**12단지 목련한양아파트** 12층에서 내려다보니 능내공원 남여 학생들이 어우러져 담배를 꼬나물고 연기를 푸~푸 날린다. 세상 많이 변했구나, 길만 건너면 학교인데… 혼자 보며 건강 등 걱정이 태산이다.

습관이 얼마나 큰 폐단인가 불 보듯 뻔한데 말릴 수 없는 세상이라는데 한계를 느낀다. 전철 안에서 시비가 생겨 노인이 젊은이에게 주검을 당했다는 세상, 거꾸로 가는 세상을 살게 되나싶어 시비를 걸 수도 없는 입장, 민주주의 자유방임주의가 팽배해 세상 혼자 잘난 세상, 더불어 사는 세상이기에 인간성 회복이 지금 시급한 문제다. 학습 위주로 달리다 보니 교육현장에서도 학부형 주문 위주로 변하여 교육이념이 무너진 것 아닌가?

# 너를 사랑한다

인사성 밝던 네가
5년 만에 보니 비겁하게 구석에서
담배 꼬나물고 연기 폴폴
벌써? 스무 살 멀었잖아
네 입에 타고 있는 불씨가
너를 태울 수 있다

작은 불씨 한 톨이
큰 산을 태우는 것처럼
큰 사고로 이어질 수 있다
네 앞 길 아직 창창한데
정당한 일만 생각해도 모자란 시간
시간은 황금이니까
너를 사랑하는 부모님을 위해
했던 결심 생각해 봐…

**꽃이 떨어져** 한시절 가듯 어머니 생각은 두서없이 왔다가는 매일의 일정. 부모님 사랑, 땀 흘리시던 기억 다 내게 남겨주신 유산. 그 유산을 버릴 수 없는 보물처럼 안고 사는 일상이다.

가는 세월에 편승한 부모님은 살아계신 동안 자식의 일이라면 물불 헤아리지 않고 뛰어드시던 일, 그 영상을 돌리듯 때때로 찾아든다. 먹이고 입히고, 별 수입도 없으신 내력을 기억하는 일, 고생의 장면을 다 기억한다.

결국 부모님과 평생을 함께 어울려 사는 내력이다. 조각가는 매일 깎고 다듬어내는 일을 해 결국 형체를 만들어 내 듯, 사람은 어떤 감성을 심어준 장본인으로부터 영감을 받았던 그 일을 해내고, 그 영감에서 헤어나지 못하고 머물러 사는 것 같다.

부모님, 또는 선생님, 친구를 안고 지고 산다. 최수문 생물 선생님, '지렁이는 산성을 좋아해!' 이렇게 판서해주신 것이 반세기가 지난 지금도 생각난다. 참 기억의 강에 빠져 허우적이며 사는 게 인생인가? 그 이상도 그 이하도 아니라는 평범한 속에 묻혀 산다.

# 어머니

끝 까지 함께 살 수 없는 어머니
알고도 부모님께 부린 못된 버릇
투정으로 일관했던 나쁜 꽃 피고
죄송한 나무 커버렸어요
허공을 쓰다듬고 계시리라 믿어요
흔들고 가실 것을 전혀 몰랐습니다
개미 우글대는 흙 속, 용서하지 마세요
눈물인지 콧물인지 줄줄이 이어 받은 어머니의 것
땀 흘리시던 일 생각하며 이제 땀 흘릴게요
목련꽃 지네요, 연지 찍은 복사꽃 떨어질 무렵
피었다 떨어지는 꽃처럼 가신 어머니 눈물처럼
방울져 흐른 자리 푸른 이파리 다시 피듯
어머니 그렇게 올해에 피어보세요
꽃바람 타고 오신 어머니로 알겠습니다

**누구나 홍역처럼 지나가는** 사춘기의 열병이다. 심하게 앓고 나면 툴툴 털고 일어나 살던 대로 살면 된다, 인생 한층 업그레이드된 셈이라며 사회가 허용하고 인정하는 만큼, 행동하면 돼. 상식에서 벗어나지 않으면 돼. 그리고 나의 밝아진 미래를 생각하며 좋은 구상을 하며 사는 거야.

내 수준에 맞는 직장을 상상하고, 내게 맞는 취미와 결부시킨 성공을 예비하며, 천천히 가다보면 즐거운 시절이 올 거야. 대신 지금 마음먹은 삶의 분수에 맞춤형 직업을 구상하는 거야.

비범한 노력이 없으면 어림없는 세상의 일이라는 것을 깨달아 게을리할 수 없다. 세상을 살아내기가 그렇게 만만한 것은 아니니까, 지금의 건전한 생각이 발전의 실마리가 된다.

써서 변화되는 나를 때때로 점검하는 시간을 가져야 돼. 더러 착오가 있는 것을 반성하며, 잘못을 평가할 줄 알아야 한다. 자기가 자기의 잘못을 인정하기는 어려운 문제다. 자신에게는 높은 점수를 주고 있으니까, 냉정하게 비판하고 반성할 일이다.

# 어쩌나?

옛날 우리 반 혜림이가 생각난다
사춘기엔 이성을 좋아하는 정이
싹튼다고 선생님이 그러셨어
아마 내가 사춘기가 되었나?
자나 깨나 혜림이가 눈에 어린다
하루면 여러 번 생각나는 혜림이
소리 내지 못하는 이름
가슴에 꽉 차 숨 막히네
이거 병 든 것 아니야?
상담하나? 양호선생님께 가나?
아프고 괴로울 수 없잖아
상담보다 해결 선생님이 좋은가?
어른들은 겪어 아실 테지만 묻기 어려워
어쩌나?

**존 카터**의 바숨전쟁 서막인가? 인간의 지능은 어디까지가 끝인가? 상상을 초월한 현대의 로봇. 인간 지능의 로봇. 인간은 약점을 타고난 반면 고장도 수명도 파괴능력 우수한 외계의 전사.

「타잔」의 작가로 유명한 '에드거 라이스 버로스' 불멸의 소설 「존 카터」 시리즈를 원작으로 '바숨'을 운명으로 건 스펙터클한 전투 장면은 많은 사람의 감동을 유발하여 큰 사랑을 받았다.

가상의 세계가 현실로 다가와 꿈을 갖게 한다. 사람은 제 꾀에 제가 넘어진다는 말처럼 인간이 발명한 원자탄 없었다면 공포는 없을 것이며, 핵을 발명하여 핵전쟁 공포를 느낄 이유가 없을 걸.

인간을 공포에 떨게 하는 이 모든 것들이 결국 파괴와 지구괴멸의 길로 들어서는 무서운 참상을 연상하고 불안하다. 새로 발견된 지구와 비슷한 형제 유성 7개 행성, 사람이 산다면 외계인의 싸움에 말려드는 것은 아닌지 우려되는 현실이다.

# 로봇 1

신비의 행성 바숨전쟁 서막인가?
해상 방어를 위해 카터 로봇이 태어났으나
방어를 위해 떠다니다 공격을 받으면
전쟁이 터져 천당 아니면 지옥행인가?
카터 로봇의 전쟁 놀음이 실전이 되어
지구멸망을 자처하면 어쩌지?
2억5천만 달러에 태어난 초인적 카터
꿀리지 않는 전투력이 문제가 될 수 있어
서정이 메마른 기계라 언제 트집이 생겨
명령은 받고 제한 능력 고장이면 어쩌나?

**사랑을 노래하면** 잔잔한 행복이 말없이 내게 다가와 있다. 꿈은 늘 화려하다. 내가 꾸는 그 꿈 어디쯤 머물러 있는지, 혹은 없는지 모르는 그 꿈을 향해 매일 조금씩 다가가 보려고 애쓰는 시간들, 헛되지 않겠지 믿어보는 마음에 성차지 않은 작은 일이 벌어진다.

시험을 잘못 봤다든지, 친구와 말다툼이 있었다든지, 어머니의 꾸중을 들었다든지, 꿈을 향한 발걸음에 브레이크가 가해진 날. 세상 온통 우울한 한파가 나를 후려치고 갔나, 이 굴레를 벗어버리자.

'때를 잃지 마라. 쓸데없는 행동을 줄여라.' 프랭클린의 말을 기억하여 내 꿈의 발전에 가세하자. 내게 적절한 한마디에 힘을 얻어 다시 잘 해보는 거야. 나의 일기에 쓰자, 무엇을 내가 반성해야 순탄한 길을 가는가?

# 황홀한 꿈

뒤축 아무리 들어 올려다보아도

보이지 않는 세상은 움직여주지 않고

거기 찬란한 세상 있을 것 같은데

행운을 구경할 수 없는 지역인가

관심이 강하게 소리친다

작은 일을 시작하여 큰일 꿈꾸지

희망이라는 모호한 성공이

환하게 살아 있는 곳 향해

알 수 없어 더욱 화려한 꿈인가

손닿을 수 없는 허공에 떠다니는 것

어제도 오늘도 내일도 가야 되는

보이지 않는 미지에 아롱대는 꿈

**청령포 가다가** 강원도 정선아리랑의 곡조가 울려 퍼지는 뱃머리에 앉아, 강물에 어리는 어린 단종을 생각하니 얼마나 무섭고 쓸쓸했을까?

예나 지금이나 누구든 끌어내리고 잘난 자기가 임금이 되어야 한다고 어린 조카 귀양보내 세상 발 못 붙이게 한 비정한 '세조'. 꼭 그런 식으로 정권을 장악해 임금 노릇이 하고 싶었을까?

북한 '김정은'도 배 다른 형, 국제 떠돌이로 인정도 못받고 사는 형을 위로하고 사랑하기보다 권력을 위해 혹시나 자기 자리 넘볼까 두려워 살해한 일, 잔인한 역사의 내력을 보며 인간답게 살다 죽는 것도 축복인 것을 느낀다.

클 때 부모님의 공평한 사랑 속에 형제의 우애를 배웠으나, 실천을 못하는 한심한 인간으로 전락하여 짧은 생을 마감하는 구나. 얼마나 어리석은 일인가? 유명한 사람으로 살기보다 인간적인 사랑을 실천하며 사는 게 정말 사회에 기여하는 삶이라는 생각이 든다.

'하루라도 독서를 않는다면 입에 가시가 돋는다.'는 안중근 의사의 말이 생각난다. 그 만큼 독서는 사람을 사람답게 아름다운 말과 마음의 양식이 된다는 말씀, 음미해 정서 함양으로 사람답게 사는 법을 책 속에서 얻어내자.

# 동강의 회신

잣봉이 손짓하는 어라연 계곡
사육신 충성은 진달래로 피고
관음송이 절하는 그 밑에
흐느끼는 동강은 단종의 눈물인가
슬픈 노래 늘 우주에 서려
비가 되고 눈이 되어
지상에 쌓이고 또 쌓였지만
돌아 온 회신은 물소리뿐
인생 죄벌의 씨앗이 무섭다는 것을
소상히 일러두실 때가 되었네요
백일하에 들어난 죄 용서하시고
훌훌 털어내 가벼이 날아가시오

**과학은 발달하고** 자연은 소모되고, 가끔 무서운 상상에 말려든다. 이세돌이 천재라는데 인공지능에게 바둑을 졌다. 한 번 한 수 겨우 이겼던가?

로봇이 인간 대신 어려운 일을 해주다 지능이 화로 돌아간다면, 제 마음대로 치고 부순다면, 인간이 어찌 감성없는 쇠붙이 로봇을 대항할 수 있을까? 여지없이 부서지는 상상을 하니 이 세상 쇠붙이 총칼이 무력으로 환원하더니, 종래 로봇이 또 세상을 파괴시키는 연장이 되면 어쩌지? 쓸데없는 기우인가?

감정이 없는 로봇을 작동하는 한계를 의논하여 인간이기 위한 지능을 입력해선 안 된다는 결론에 도달한다. 사람과 사람만이 통하는 정과 감상의 여린 느낌, 슬픔, 사랑, 추억, 기쁨, 행복 다 귀한 것. 누리고 사는 인간의 본성에 방해되는 그 어떤 것도 세상에 존재해선 안 된다.

# 로봇 2


호킹, 머스크, 촘스키 인공지능을 살렸다는데
말 나온 김에 물어보자 기운이 인간 보다 세고
사랑 지혜 사람처럼 해내다가
기분 나쁘다며 원 투 원 투 기운대로 쳐부순다면
지치지 않고 날뛴다면 남는 게 뭘까?
사람은 헛헛함을 찾아 헤매고
로봇은 쳐부수려고 헤매고
세상 꼴 우습게 난장판으로 자멸하나
사람들 욕심이 불 타다보니
상심할 일만 생기는구나.

**먹지 않으면** 아무 것 할 수 없네, 웃고 떠들고 장난치기도 먹지 않으면 죽음이 도래하는 철칙이다. 우리가 노는 것, 칭송하고 잘 사는 것, 노래하며 역사를 가꾸어 살아 온 내력이 밥심 아닌가? 우리는 익히고 배우는 원동력이 결국 밥심이다.

즐겁게 사는 이유도, 먹을 것을 생각하며 하는 일 또한 즐기며 한다. 모든 일 맛있게 먹고 즐겁게 사는 일, 이것이 바로 사는 원동력 아닌가 일도, 공부도, 즐기며 하는 것이 훨씬 능률적이라는 것을 우리는 벌써 터득한 정도의 나이다.

바르게 살아야 마음이 편하고 컨트롤의 마력이 생긴다. 거기에 문장력으로 무장을 하면 금상첨화錦上添花가 아닌가? 웃고, 공부하고, 행복을 배워 생활에 대입시켜 산다. 그래서 기쁘다 세상 살기가 정말 기쁘다.

# 사계의 노래

겨울을 건너 왔다며
꽃동네 새 동네 노래 부르던 시절은 갔네
어린 시절은 천진했지
세상 드나들며 닥치는 대로 배워 익혀
유행되는 욕, 놀이, 게임 다 배워
사람은 잡식성 괴물인가 싶다


봄바람 꽃다발을 들고 왔었지
봄이 여름을 손잡고 여기 와
산천에 들꽃 피우고 이파리 키우고
자연의 신비가 세상에 뜨네
여름 싱그럽게 타오르더니
붉은 가을 노란 결실을 불러 잔치하나
여문 곡식이 가을 들판에 한가득
축제 한마당 풍악이 천지에 울리네

여름 싱그럽게 타오르더니
붉은 가을 노란 결실을 불러 잔치하나
여문 곡식이 가을 들판에 한가득
축제 한마당 풍악이 천지에 울리네

**신학기** 새로운 봄에 마음도 피어나는 따뜻한 봄날, 전신이 웅크리던 겨울잠에서 깨어나는 봄의 전령이 '봄이니 새 마음으로 일어나 더 좋은 시절을 살아라.' 조언한다. 내게 권하는 개운한 아침 새로운 봄의 활기 가슴에 차오르네.

꽃처럼 활짝 웃어보자.

가슴을 확 펴 뛰어보자.

계획한 모든 일 확실하게 해내자.

나를 높은 차원의 반열에 올려보자. 꽃바람 신나는 일기를 써 보자. 그간의 잘 못 된 버릇을 고치고 만족한 기분으로 새봄맞이, 새 기분이 되어 열심히 새롭게 살자.

'기회가 두 번 그대의 문을 두드린다고 생각하지 마라.' 샹플의 증언을 깊이 생각하며 제때에 할 일 미루지 말자.

# 봄이 가네

봄 전령이 아지랑이 타고 와
목련 꽃 벚꽃 옆에 놀다
꽃을 거느리고 비바람에 쫓기나
아쉬움을 주고 가는 봄
꽃잎파리 떨어내 휘몰이 춤사위
바람이 가자면 가는 거니?
이별은 슬퍼 하늘이 우나 보다
부슬부슬 언짢은 하늘의 비, 소리
세월의 배에 실린 것 맞지?
꽃은 꽃끼리 사람은 사람끼리 간다

**어른들의 교육이** 협박의 형태로 변질되어 아이 하는 일, 아이에게 묻지 않고 과외니 심부름, 독단으로 명령으로 감행하는 어른들의 폭력에 시달리는 우리 학생들, 내 자식들.

즐거워야 할 나이인데, 아무 거리낌없이 커야 될 나이에 겪는 아픔을 어른들은 교육이라는 미명으로 휘두른다. 행복을 전제로 교육행정이 우선돼야 하는데 참 안타까운 현실이다.

자유로운 교육해방을 선포하는 일이 더욱 시급한 일인 것 같다. 우리나라는 세습 풍토에 비준한 교육해법이 이루어져 시행되어야 하거늘, 현대 교육이론가로 미국유학을 다녀오신 저명한 인사가 미국이론에 맞는 교육 형태로 시행착오를 되풀이하는 동안, 인성교육에 문제가 심각한 듯 행복한 사람이 드물다.

인성교육 문제를 시정하는 게 옳다. 스스로 반성하고, 선택하고, 원하는 일, 장차 나의 의지대로 살아가는 자립정신을 길러줘야 된다. 물론 개인의 취미와 소질을 전재로 키워나가는 교육 방법을 선택할 일이다.

# 겁에 질려

공부 안 하면 낙제한다
가난하면 굶어 죽을 수 있다며
속 썩혀 부모 죽으면 고아된다며
실력 없어 취직 못하면 거지된다나
어릴 때 겁먹고 자랐지
나이들 때마다 겁의 가중치에 눌려
남 줄 수도 없는 내 안에 쌓인 무섬증
나보다 커진 겁이 나를 채찍질한다
밤에 잠 설치게 하고 불안해 안절부절
한 발 디디면 무너질까 두렵고
두 발 디디면 되돌리기 힘들까 무서워
돌아보니 태풍에 놀라고 꽃바람 못 믿어
나를 채찍으로 갈기든가
맞붙어 싸우든가 결판을 내야지…

**하느님의 기적 같은 세상** 하느님의 영역까지 침범해. 우리가 그런 세상을 지금 살고 있어. 감사해야 할지 축하해야 할지 모르는 이 현실, 즐기며 사는 것은 하느님의 축복이야.

걸어 10km를 걸어 다니던 차도 없는 시골, 길을 걸으며 생각의 긴 발걸음이 오늘의 발전으로 이어졌을 거야. 그러나 지금 차로 휙 가버리니 빠른 길에 따른 모든 일이 바삐 돌아가 분간할 수도 생각의 기회도 잃어 뒤범벅 아닌가?

왜 이렇게 사람이 기계처럼 움직이고 돌아가야 되는지, 이렇게 오래 살아야 되는지, 참 우려되는 일이 많다. 좀 더 신중한 처신으로 여유를 즐기며 살던 낭만이 그리워진다.

먹을 갈아 붓으로 천천히 쓰고, 옛 성현들의 말씀을 익히고, 몸을 흔들며 시를 읊던 시절이 그립다. 오죽하면 손글씨라는 말이 태어났을까. 자연 친화적인 시절을 생각해 본다.

## 포장되나요?

병아리합창단 공연장 관중석에 앉아

은은한 가을노래 들으니

가슴이 찡한 눈물이 고였어

개구리에게 잡혀먹힌 베짱이

찾아 헤매는 베짱이 어미

눈물을 닦아주고 싶어

병아리 노래 한 소절 포장해 달랬어

새끼를 찾아 천당에까지 쫓아가야 되나?

노래 담을 주머니를 가져 오라네

온 동내를 헤매었지만 새지 않는 주머니

새 주머니를 파는 상점은 없네

하느님께 가서 물어 알아낸 곳은

주머니는 새 봄 새 순의 이파리 예쁜 것

풀물을 비벼 빼고

새끼줄을 가로 세로 엇바꿔 매듭으로 짜낸

그물을 엮어 세마로 만든 거라네…

**옛날에 상상도 못 했던** 발전이 눈앞에 다가와 옛날 동네에 한 대가 있을 둥 만 둥 한 전화. 지금은 아이나 어른이나 핸드폰한 개씩 들고 다닐 정도가 됐으니, 변해도 너무 변한… 아니 발전이라해두자.

드론이 날아다니며 촬영하고 정보를 전달하고, 세상이 너무 밝아진 것 아닌가? 밤낮 구별도 없이 일은 돌아가고 기계는 불 꺼진 일 없이 가동된다.

세상 너무 살기도 좋아진 것 같지만 자연과의 괴리가 생겨 자연 인사람이 기계가 되고, 모르는 기계치가 되어 부자유가 한계에 다다른것 아닌가? 석연치 않은 내용에 실려 돌아가는 기분이다.

거기에 참여하고 기여하기 위한 끊임없는 발전이 개인에게 부담으로 작용하지만 시대를 앞서지 못하고 따르기 위한 무한 노력이 필요한 시대라고 해 두자.

# 묻지만 모르네

나는 부모님의 명령으로 여기 왔나?
갸웃거려 묻지만 하늘도 땅도 묵묵부답
날만 새면 해는 뜨고, 참새들이 짹짹거리고
아무도 시원한 답이 없네

정원의 나무들 사이 길이 있어
갈 곳으로 가며 하늘이, 구름이, 눈비가
뻗혀 갈 길은 있어도 끝은 어디야
가야 될까 말까를 알 수 없어 고민이네

그 길을 또 가면서
무엇을 어떻게 해야 하는 가를 모르고
꽃 핀 이유를 모르고 지는 이유를 더욱 몰라
오늘 소나무를 껴안아 너는 어디서 왔어?
내가 누구야 묻지만 바람만 나를 스치네

어른이 되고 보니 어릴 적 아버지에게 꾸중을 들으며 알밤 몇 대 박힌 적 있었다. 눈물이 찔끔, 왜 그리 세상이 슬펐는지, 이제 아픈 기억마저 그리운 때가 왔다.

돌아가신 아버지 책망이 그리운 날, 아픈 그 맛이 오늘 나를 세워 주신 동력이 되었구나, 절실하게 다가와 울적한 기분마저 든다.

사람은 나이가 많아지면 어릴 때 또는 젊을 때 지난 후, 부모가 또 는 옆에 있었던 친구가 절실하게 그리워진다. 그때 내가 너무 못된 짓 을 했구나, 뒤늦은 후회가 찾아온다. 지금이 참 중요한 시기라는 것을 잊으면 안 된다.

지금은 나의 꿈을 펼치기 위한 준비과정. 미래를 준비하는 시기를 놓치면 항상 남 보다 한 걸음 뒤쳐져 살게 돼. 놀지 마, 노력하는 자에 게 기회는 온다. '성공은 생각함으로써 생기고 노력함으로써 이루어 진다.' 관자의 말씀 되새겨보는 기회다.

# 주먹이 온다

주먹이 허공에 뻗치는 순간

방패 손이 나간다

억울한 아이가 뛰고

순간 불호령이 하늘을 찌른다

주먹이 허공에서 맥없이 떨어지며

히히 웃어 방패는 부서지고

일순 부자간의 장벽은 무너졌다

그렇게 살며

시간은 무디게 흐르며 빠르다

불호령이 그리워지는 날

말씀이 듣고 싶은 날

선율에 실린 그리움이 내게 온다

허공에 날아오는 아버지 보이는 날

그 주먹 맛, 참 맛이 있었는데…

**단순한 어릴 때를 생각하며** 많이 느끼고 반성하는 나이. 앞으로 해야 될 많은 일들. 생각의 실마리를 따라가니 무슨 일을 하여 밥을 먹을 수 있나? 아버지 어려운 회사일, 힘들게 공부하여 경쟁에서 이겨내시던 이야기 많이 들었는데, 나는 엄두 안 나는 공부를 어떻게 해낼 것인가?

열심히 공부해내기를 간절히 바라시는 어머니의 말씀이 무겁게 매달려 걷기도 힘든데, 자꾸 야단치는 부모님 야속하고 부담되는데, 내 소망은 유행하는 노래나 부르며 몸이나 풀고, 게임에 열중하고, 인터넷에 들어가 내 좋은 유행노래나 따라 부르며 즐기고 싶은데, 보이지 않는 압력이 있어 눈치를 봐야 되는 구나.

내 의지와 다르게 사는 게 힘들어도 학교 다니는 동안 열심히 노력하는 게 내 장래를 위해 좋을 듯, 열심히 살자. 그래도 자꾸 생각되는 내 취미와 노래, 틈틈이 즐기며 더 더 노력하면 되겠지…

# 어릴 때

알 수 없는 세상의 이치

너무 알려고 기 쓰지 마라

때 되면 저절로 아는 힘이 생길테니

나무도 꽃도 제자리에서 묵묵히 서서

잘 살지 않던가

바지랑대 세워 널린 빨래

펄럭이는 널린 빨래 숲에 숨어

엄마가 못 찾는 척 얼마나 행복했던지

새 냄새 비릿한 그 안에 옷을 감아

어릴 때 잠깐 들어가 재미로 쉬는 집이었지

장난이 그리운 때가 되었으니

함부로 살 수 없어

시절을 알고 오는 매미, 한여름 신나게 울어대더니 어느
날인가 슬그머니 사라진 매미 울음. 아! 가을인가보다.

계절을 전하는 자연의 섭리, 계절이 때맞추는 것처럼 나 독서의 계
절 가을 맞았으니, 독서 열심히 해야겠구나. 철이 아직 안 났다는 어
른들 말씀대로 철이 나야지, 내 사랑하는 친구 앞에서 당당한 모습
을 보여줘야지, 너무 많은 계획 세워 무리하면 안 돼.

느긋한 마음으로 나를 살피며 천천히 해보는 거야. 내년이면 고학
년답게 잘 컸다는 말 꼭 들어야지. 나는 어떻게 사는 게 좋을까 곰곰
이 생각해볼 거야.

매미들 동시에 여러 마리 아우성치는 것 보며 때 맞춰 크고, 울고,
다 하는구나 나도 친구 대열에서 앞서지 못하면 중간이라도 가야지,
꼴찌는 싫다. 열심히 해보자 '한 가지 일이 늦어지면 만사가 늦어진
다.'는 계도의 말이 정말 옳다는 생각이 든다.

# 매미

매미가 언제 사라졌나

불나게 튀겨내던 울음소리

서울사람처럼 이사 갔나

때가 되면 벌어지는 생이별

괜한 성화를 했나보다

열심히 노래하며 치열하게 사는 것

한 수 배워둘 것을 아무 일 못 했네

이별은 언제나 슬픈데

시를 읊어 주는 것이었을까

시절이 오면 다시와 읊어대겠지

넘어져보니 알겠다.

일어서는 방법을…

**외진 밤길**을 가다보니, 사람은 사람 옆에서 안심이 된다. 나 혼자 한 사람을 만나니 혹여 나쁜 사람이면 어쩌나, 무서운 생각이 스친다.

군자대로행이라 했던가, 큰 길을 찾아간다. 이 생각 저 생각 머리에 그려지는 무섬증. 작은 소음에 움츠리는 어쩔 수 없는 마음. 나는 아직 용감한 게 아니구나, 스스로 생각하며 되도록 으슥한 곳을 피해야 된다는 결심을 한다.

일찍 들어오라는 어머님 말씀이 무슨 말씀인가 새롭게 느껴지는 오늘밤, 무리한 내 행동 호기심 좋아 생소한 곳을 겁 없이 가보는 무모한 행동을 삼가야겠다.

내 심정을 쓰고 반성의 기회를 갖자. 생각하며 어렵사리 지나 후미진 골목, 등골에 땀이 흐른다. 경험이 산교육이라는 것을 실감한다.

'고난을 당하는 때는 사람이 진가를 증명하는 기회이다.' 에픽테토스가 한 말처럼 담대하고 용감하지 못해 밤길을 무서워했던가? 나의 진심을 알았으니 이제 극복하는 힘도 찾고 자신을 알았으니 피하는 방법 또한 알게 되었다.

# 밤길

가로등 빛에 모여든 하루살이 향연

차들이 하늘을 향해 질주하는 사이

위기의 목숨은 보도 안쪽으로 피해

아슬아슬한 불빛 허공에

일상 생각하며 걷다가 넘어진다

산 그림자에게 주는 노래 부르며

무서워 오스스 진저리쳐지는데

하늘이 대신 뚝 뚝 장단치나

쏴쏴 가로수가 뒤 따라온다

무섭다 등골 식은땀이 쫙~

일어나 걷는다 가야 하니까…

스마트폰이 연예가 중계까지 다 해주는 마당에 우정이나 친교
별 의미 없는 철저한 개인주의로 가고 있다. 인터넷 속에 잠겨 있다가
시간이 지나니 화장실도 가야 되고, 밥을 먹어야 정신을 차리겠어. 기
계에, 컴퓨터에 의지하는 한계는 어디까지인가?

자야 되고 현대적인 공부 수준에 따라가야 되는 어쩔 수 없는 한계
에 부딪친다. 미래 시대엔 더욱 개인주의가 심해질 수 있다. 제4의 물
결이 생활을 어떻게 변화시킬지를 정확하게 예측하는 사람이 세상을
이끌어가겠지. 사랑이, 이웃이, 가족이 다 무산되어 뿔뿔이 헤어져 가
만히 앉아 있으면 로봇에게 입력되어 버튼을 누르면 가짓수와 용량
을 입력한대로, 온도와 시간대로 레시피에 의한 음식이 딱 나오는 진
풍경을 보게 되겠지. 50년 전 찹쌀을 시루에 쪄 떡이 되고, 약식을 만
들기 위해 참기름을 두르고 흑설탕을 듬뿍 넣고 밤, 대추, 실백을 넣
어 주걱으로 저어가며 불 때던 시절을 생각한다. 30년 전 전자렌지를
보고 입을 벌려 놀랐는데, 대단한 제4물결이 파도쳐 온다는 생각에
가슴 떨린다.

# 여기가 낙원이오

내비게이션에 행복을 입력했으니
차는 행복에게로 직진해 가겠지
혹시나 우려하는 마음지우고
편한 세상 편하게 살아야지

반복이 안심이다
조금 있으면 로봇이 돌아다니며
인공지능 서비스 피부마사지 맡기나?
달나라에 가고 싶다고 말 해야겠어

노는 게 좋기는 한데 춤과 노래도 내 대신
로봇에게 시키면 안 될까? 나는 시청하고
로봇에게 낙원에서 살고 싶다고 말해야겠어
'로봇, 나 낙원에 데려다 줘!'

**산소가 없으면** 숨 쉴 수 없는데, 중요하다는 느낌이 소홀했네. 바람 부는 속도 감흥없이 살며, 바람이 내 목숨 살리고 말없이 불어간 것 무심했네.

스위스 몽블랑 높은 고지에서 가슴이 답답하고 땀이 나 숨이 막히는 걸 경험했네. 산소가 부족하면 자칫 고산병에 걸리는 것.

죽을 수 있다는 경험을 하며 공기가 없으면 생물이 살 수 없구나. 바람은 늘 불고 있으니 아쉬움 없이 흔한 공기 맘껏 마셔 귀한 줄 모르고 숨 쉬고 살았구나.

바람을 사람처럼 의인법으로 표현해 자연의 신비, 느꼈던 기억을 떠올리고 시도 써 보자. 모든 일은 사람의 행복을 위한 내용으로 접근하자.

# 바람

바람이 바람을 업고 산에 오르며
땀 흘려 올라오니 바람만 부네
여기 살 수 없으니 내려가야지
바람아! 업혀라 내려가자

바람을 밀고 내려오며
바람을 만나 악수하고 웃는다
목말라 숨 쉬며 바람을 마신다
언제나 바람과 놀며 바람과 산다
바람이 세상 만물 숨 쉬어 목숨 살리고
살렸다는 자랑 않고 열심히 불기만 하더라

**먼저 제목을 생각한다.** 제목에 대한 단어를 다 적어본다. 가령 벚꽃이라는 제목이라면 연분홍 꽃, 봄에 핀다, 매년 핀다, 떨어질 때 바람에 날린다, 벚나무는 크다 이 모든 단어를 먼저 선정해 말 맞추기를 하며 배열을 어법에 맞춘다.

의인법, 도치법 등 시 음률을 어느 정도 맞추어 쓴다. 글쓰기는 이런 식으로 하면 쉽다. 우리의 주변에서 일어나는 계절, 시사적인 내용, 학교생활에서 생겨나는 일, 부모와의 갈등, 친구와의 우정, 주변에서 일어 난 모든 일이 글쓰기의 제목이 될 수 있고 내용도 된다.

글쓰기는 자료도 돈도 안 들며, 취미를 돕고, 실력도 돕고, 언어구사도 도와 60점 인생도 100점 인생으로 바꿔준다. 내 좋은 일의 이론을 정립하고 미운 사람을 위한 경고도 쓰고, 좋아하는 사람에게 감사하거나 위로하는 글을 쓸 수 있다.

# 나간다

세상 일이 내 생각을 거쳐 나간다

사람들이 들어와 놀고 나간다

사건 사고가 머리를 긁어주고 나간다

날들이 한 밤씩 자고 나간다

생각이 무단으로 들러 나간다

나쁜 생각이 잠복했다 나간다

채울 수 없는 것들이 마냥 놀고 나간다

지루한 일 못 다하고 나간다

계절이 꽃피우더니 변명 않고 나간다

**한 국가가 있고,** 그 국가의 국민이며, 그 나라에 협조하는 한 사람이 되어 산다. 소속감이 생기니 알겠다.

내 몫을 해내기에 어려서부터 어른이 되기까지 권리와 의무로 보장되는 사회적 규범을, 지켜야 되는 모든 일, 홀로 행복하기위해 주변의 행복도 살피고 보장해주는 모든 일. 그걸 알고 보니 내가 어긋나면 사회규범에 이상이 생기는 것 아닌가? 내 행동에 위험이 붙고, 질서가 붙어 다니는 거로구나.

법규와 질서 의식 속에 속박당하고 있다는 부자유가 느껴지고 불편하지만 상대들이 규범을 어겨 내게 돌아오는 불이익을 생각하니 간단한 문제가 아니라는 논리. 그렇구나, 이해된다.

개인의 행복을 보장해주는 사회의 배려와 내가 행복해야 하는 데 주변에서 협조하는 사회구조에 오히려 고맙고 다행이라는 생각에 멈춘다. 내 귀한 가족과 행복해지고 싶은 일, 아무도 방해할 자 없다. 부자유 속에 보장된 자유가 있는 사회라 다행이다.

# 홀로

홀로 세상에 와 처음 울었었나?
재워도 혼자 잠들어 꿈을 꾼다
혼자 일어나 옷을 입고 혼자 웃는다
가족 수 다섯, 수저가 다섯이지만
수저 한 개 들고 내 밥만 먹는다

삼십 명 반에 혼자 공부하고 혼자 시험보고
감기 들어 혼자 앓고 나만 약 먹었다
이제 어른이 되면
혼자 돈 벌어 한 집안 살림 책임지나
혼자 기분 나빠야 되고
혼자 해결하는 일 너무 많다

**참새의 행적**을 고심하여 쓴다. 먼저 내용을 쓰면 내용에 맞는 제목을 나중에 붙여도 되지만 내가 쓰고 싶은 제목이 정해졌다면 제목에 대한 단어를 다 모아쓰고 점층식 배열도 무방하다.

점층식은 서술적으로 쓰며 큰 것에서 작은 것으로 또는 작은 것으로부터 큰 쪽으로 서열을 맞추는 글쓰기 방법이다. 시는 짧고 담백하여 음악의 박자를 맞추듯 하면 된다.

말 많은 사람은 반 치 혀가 사람을 죽이기도 살리기도 하는 말임을 생각한다. 한마디 말로 천 냥 빚을 갚는 다는 말이 있다. 말의 중요성을 일컫는 말이다. 함부로 말하지 말라는 뜻으로 낮말은 새가 듣고, 밤 말은 쥐가 듣는다는 말도 있다.

절대 남을 비하하거나 매도하는 말 절대 삼가야 된다. 침묵은 금이라는 말처럼 내 입에서 하는 말 가려함이 옳다는 뜻이다. 한번 뱉은 말 주워 담을 수 없다. 아름다운 말, 고운 말, 칭찬하는 말, 사랑한다는 말, 해야 할 말은 많다.

# 참새가

참새가 나뭇가지에 올라 앉아

내 머리에

잽을 날린다

약하고 허술해

쫓겨 사는 게 분한지

잽, 잽을 종일 날린다

사람은 주먹으로 책상을 쳐 분개하며

요행을 바라지만

참새는 입으로 허공에 대고

듣기에 아름다운 노래로 친다

짹, 짹, 짹, 짹, 짹

**박사되기 어렵다.** 남 모르는 땀을 흘려 연구하고, 가령 콩 박사가 되려면 내가 콩이 되어 심어지고 싹 트는 적절한 수분과 온도와 주변 환경 빠트리는 무엇 하나 놓치지 않아야 한다. 얼마나 많은 정성을 들일지는 설명이 안 되는 분야다.

처음부터 시작해 안 되면 다시 되풀이로 전생을 바쳐 박사가 될 수도 있지만, 안 되는 수도 많다. 이것이 인생이다. 누구는 사법고시를 열 번을 봐 합격했다는 사람도 있다.

그렇게 끈질겨야 살아남을 수 있다. 요즘 취직하려고 이력서를 백번 넘게 냈다는 사람 많다. 그런 정도로 사회진출이 어려운 시절을 산다. 노력하여 창의력을 발휘하여 너의 인생을 꽃밭 가꾸듯 가꾸어 보자.

# 콩을 연구한다면

무엇을 확신하나

콩을 불리면 싹을 틔워

콩나물이 되는 것

아님 봄에 땅에 심어

가을에 콩을 수확하는 것

콩이 내 손에 잡히기 까지

무엇을 어떻게 되는 것을 지켜봐

심고 연구하고 콩의 진실을 캐보면

콩 박사가 되겠지만

콩을 다 안다고 할 수 없기에

연구를 끝없이 하는 박사는

끝없는 갈 길만 있을 뿐 끝은 없다

**산다는 것** 터득하는 즐거움이 있나 하면 모르는 무엇이 무엇인가? 모르고 사는 정도, 그 모르는 무엇을 터득하려고 터득하여 직업을 삼아 잘 살아 보려고, 또는 공부해서 알아가는 중, 소질을 찾기에 많은 시간을 소모한다.

알기 위해 학교로, 교회로, 사회시설로 바쁘게 뛰어 다닌다. 그러나 내일을 알지 못하고, 내가 언제 어디서 어떻게 변화될지 모르는 불안 속에서 애써 즐거움과 행복을 찾기 위해 가족, 친구, 교회를 찾는다.

도움된 기억을 전수하려고 쓴다. 기쁜 마음이 되는 법, 그리움을 이기는 방법, 이별의 슬픔을 이겼던 방법까지도 쓴다. 무엇보다 자기 마음을 다스리는 일이 항상 시급한 일이다. 나는 내 마음가짐을 어떻게 하느냐를 자신에게 물어 가장 그 시간에 중요한 일을 해보자.

# 모르는 길을 간다

5분 후를 모르고
한 시간 뒤 무슨 일이 일어나나 모르고
이 길을 가야 할지
또는 와야 할지
전혀 모르는 길을 간다
경상도 경주에 오늘 지진이 났지만
기상청이 모르고
우리 모르는 일이 생긴 거다
잠든 밤에 지진이 왔다면, 큰 지진이라면
모두 당하는 불행 막을 박사도 장군도 없다
살아간다는 것은 모험일 수 있다

**완벽을 이루기**는 정말 어려운 논제다. 다만 노력할 따름이다. 낙숫물이 돌을 뚫는다. 베토벤의 말처럼 지속적인 노력이 결국 해내는 결과를 많이 본다. 시행착오로 노력의 중요성을 안다.

항상 잘 할 수는 없다. 때론 실수와 착오로 성과가 없어도 노력의 대가는 언젠가 꼭 행운을 가져온다는 당연한 이치를 믿어보자. 궁지에 몰렸을 때 큰 경험을 얻어 일생 잊지 않고 지켜나가는 방법을 터득한다.

경험은 참 좋은 교육이다. 우리 당황했던 경험을 쓰자. 그리고 전수하자. 나의 개성을 살리는 일이 참 좋은 공부가 된다. 능률의 효과가 생기기 때문이다.

그리고 싫증이 안 나 오랜 동안 지속할 수 있다. 지속의 힘이 대단하다는 것을 알게 된다. 나의 것을 나눠주고 나눠 쓰는 미덕이 필요한 시점이다.

# 박사 아무나 되나?

오답인 듯 해 고개를 갸웃하지만
정답은 내 머리에서 빠져나갔나?
궁리해보지만 알쏭달쏭 정답은
제 꼬리를 숨기고 보이지 않는다

홧김에 책상에 찍힌 흉터 보며
내 별명 박사가 울며 나가네
불명예 박사여 전심전력으로
진짜 박사되기까지 힘 내 볼게
얼마나 땀 흘려야 될까?

3부

하나의 세상

**왜 사람은** 나무 같이 살 수 없나? 먹어야 되고, 입어야 되고, 살아야 하는 집이 있어야 되고 안 되는 것 너무 많다. 벌지 않으면 가난하고, 고아가 된 아이들 부모와 헤어지는 내력을 설명할 수 없구나.

그나마 자리를 지켜주는 부모가 있다는 것이 얼마나 위안이고 행복한 추억이냐? 우리나라 전쟁이후 누구랄 것 없이 가난한 생활을 했다. 노숙자가 얼어 죽었다는 소식이 겨울이면 사회면 기사에 떴고, 연탄가스 중독으로 죽었다는 뉴스도 자주 등장하던 사회면 기사였다. 죽기 아니면 살기로 이룩한 경제대국임을 명심하고, 국위선양하는 마음으로 살아야 된다.

# 낙엽의 노래

변두리를 돌며 캐내시던 때 묻은 이야기
아버지 어머니 봄 여름내 주신 이야기까지
우우 부는 바람에 떨군 낙엽에 묻어 떠나요
하늘은 우리를 영 잊었나 봅니다

붉은 낙엽 노란 결실 또 무엇이 남았나요
추수할 것 없는 썰렁한 들판에 앉아 돌아보니
떨어지는 빗물이 빈 하늘의 눈물인 가요
사람도 싱싱하던 때가 있었다며 가야 되나요
못 부른 노래, 아쉬웠던 우리 이야기
허공에 채워진 이별노래 들리시나요?

**세상 사람 형제,** 형제처럼 살아라. 하느님 말씀인데 제대로 듣는 이 없어 살벌한 세상에 발 딛고 산다. 너 나를 못 믿지? 나 너를 못 믿어 혼란은 이어지고 싸우지. 사소한 말다툼이 3년 잘 쌓았던 우정을 단번에 무너뜨리고, 요즘 들어 말도 잘 않고 지내지.

옆이 허전하다. 어른들은 더 싸우는 것 같다. 국회의원도 여야네 하며 싸우고, 엄마도 아빠와 가끔 싸우는 걸 보았다. 자기들도 싸우면서 '학교 가면 친구들과 사이좋게 지내라.' 명령하는 게 우습다.

할머니는 가끔 싸우면서 큰단다. 하시지만 싸우는 의견이 어찌 신체적인 요건과 같은가. 납득이 안 간다. 으레 하시는 소리다, 하고 넘기지만 싸움은 어쩌면 경쟁의식을 부추겨 경쟁에 더 더를 강요한다.

발전은 되지만, 마음은 즐겁지 않다. 그냥 잘 지냈으면 좋겠다. 불화투성이 사회, 어떻게 잘 되기를 바라나? 즐겁게 다정하게 모두 그런 사회가 되었으면 하고 바란다.

# 입춘이라

시린 꽃송이 옆에 가랑잎

가을에 떨어진 꽃송이

알맹이 없이 찌그러진 밤송이

'송이' 돌림자 이름 붙여진 내력

형제들 저 살기 바빠 남인 척 살지만

하느님 차린 빗방울 만찬에 모여

한 세대 같은 생명이라 축배를 나누나

번들번들 달빛에 취해 빛나는 낯빛들

겨우내 함께 덮고 자던 이불 속 비밀리에 태어난

나올락 말락 눈 뜬 새싹 어서 깨어나라

**봄이면 꽃들** 피어 꽃 시절을 살 때, 갖가지 꽃들 보며 생각하게 된다. '추운 겨울을 건너 왔구나!' '얼마나 다리 아파 여기 쉬나?' '속마음 풀어 피었구나.' 사람이나 온갖 세상 봄을 맞는 모든 생명들 새 기운으로 피어난다.

다시 잘 살아야 하는 자연의 순리, 모든 사물은 다시 잘 해보라는 계절인양 나무들 꽃들 다투어 꽃피고 그 옆에서 시들고, 이파리 출렁여 햇빛을 더 받으려는 몸부림을 본다.

때를 놓지 않고 할 일을 다 하는 꽃들, 처음 산수유 노란 꽃, 개나리 노란 꽃 노란 일색이 어느새 핑크빛으로 모두 다양하게 꽃피는 것을 보며 때를 기다리던 꽃. 사람 또한 때를 놓치면 기회를 놓친다는 것을 알게 된다.

그리고 할 일은 목적을 알아야 능률이 난다는 것을 안다. 소질과 능률은 무얼까 생각하게 된다. 가통을 지키는 나무들, 꽃들 작년에 피었던 자리 찾아와 올해 새로 피는구나. 똑똑한 것들, 사람 똑똑한 척 하지만 시행착오로 불행한 세월을 산다.

경찰이 있어야 되고, 감옥이 늘어나는 일 다 죄인을 엄벌하는 곳이 아닌가? 그래서 잘 사는 공부를 평생해야 되나?

# 살구나무

새 봄 강물 건너와
살구나무 꽃길에 들어
사랑도 미움도 꽃으로 피는 구나

여기 온 내용이 피는 거냐?
쪽빛 하늘아래 연분홍 꽃
바람 따라가는 불량한 꽃잎들
너희들 사춘기야?
허겁지겁 날아 가버리는 꽃잎들…
바람잡이 길 따르면 안 되는데

말없이 떠난 자리 점 찍힌 열매
파란 이파리 너울대며 열매를 감싸 안고
천륜을 살구나무도 아는지
비바람 막아주며 잘 키우네

사람이 사람을 사랑하는 것은 원초적인 정서, 생의 본
성인가. 부모님이 자식을 사랑하는 맹목적인 사랑, 남여가 사랑하는
인간 본연의 사랑, 사랑의 진미를 모르면 살아가는 자체가 무의미해
진다.

세상 지속하는 한 사랑은 이어지기에 사랑의 산물인 자식이 태어
난다. 연속적인 발전인가. 그러나 사랑은 귀한 본성이 때를 어기거나,
약속이 깨지거나 하면 처참한 결과에 비관한다.

적령기에 닿아 완성기에 이르기까지 사회적 조건이나 상대와 적절
한 대화로 사랑의 결실을 약속하고, 지켜야 하는 과정을 거친 후, 가
정이라는 행복한 집을 꾸미는 일이다.

취미처럼 일종의 모험처럼 시작을 하는 것은 위험천만이다. 양보하
고 서로 약점을 보완해주고, 많이 사랑하는 가운데 만인의 축복 하
에 이루는 사랑을 공인 받아야 된다. 그것이 연애의 최초요 결혼의
입문이다.

# 지핀다

불 지핀다
사랑을 지핀다
처음 미지근하던 게
불타니 갈수록 뜨겁게
네가 나에게, 나는 너에게
우정이 타며 사랑으로 어우러지고
돌아서면 아픈 정 잊어버리는 사랑인가?
사랑의 꽃잎 떨어지는 벌써 뼈아픈 이별이야
슬픔을 참아 인생을 배우며 사랑의 완성을 알게 되나?

**잠깐 인생** 잘 살기 위한 생존의 몸부림을 하다 간다. 잘 안 되는 확률이 높다 그렇지만 잘 된다는 긍정적인 희망에 목적을 둔다. 그래야만 풀릴 수 있기에 후회는 늘 뒤로 온다.

지나고 나야 오는 후유증이니 매번 최선을 다 한다는 노력은 헛되지 않다. 매일 웃으며 즐기고 살다 보면 지지하는 디딤돌이 되는 친구가 생긴다.

최배달 선생의 좌우명은 단련鍛鍊은 일천 일의 鍊, 일만 일의 鍊 그 정도의 연습이 없으면 될 수 없다는 지론이다. 사는 동안 자식 뿐 아니라 남과의 유대관계는 중요한 단련보다 더욱 힘든 과정이다. 정을 주고 또 주고 우정을 사랑을 다지고 또 다져 이루어진 묵은 연륜의 힘이다.

가족은 내려준 사랑을 말년에 되돌려 받는다고 생각하며 열심히 노력하고, 인내하는 과정을 거쳐야 한다. 그래야 가족과의 연결고리가 튼튼해졌던 자기체험을 기록으로 남길 수 있다.

# 잠깐이야

인생 긴 게 아니라는 걸
진즉 알았더라면
사랑 한줌 씩 공평하게
나누어주며 당부해 둘 걸
흩어져 살면 안 된다는 것을
이제 다 꺼진 불 된 사랑이
가물가물 하지만
절망을 다 태워버리면
싱싱한 희망이 태어나겠지 새싹처럼 돋아나
새로운 정을 나누며 행복하게 살아내자

셱스피어는 지금 생각해도 참 진취적인 생각을 가진 사람이라는 것을 실감한다. '아름다움을 발견하고 즐겨라'는 말은 우리가 간절히 실행해야 하는 삶의 기본이다.

　정서적으로 안정된 사람만이 아름다움을 발견할 수 있음이요, 정서적으로 안정된 사람이라면 어찌 생활에 충실하지 않겠나? 한 일을 보면 모든 것을 미루어 생각할 수 있다.

　작가는 시대를 앞 선 어떤 면에선 몇 백 년을 내다보는 앞 선 사고, 그 분의 많은 작품세계는 지금도 높이 평가되어 극장에서 상연되고 출판되고 있다. 많은 사람의 정서함양에 이바지한다는 공헌을 생각하며 소는 죽어서 가죽을 남기고 사람은 죽어서 명성을 남기는 사람이 되기 위한 노력 정도는 해야 되지 않을까?

# 유명세

죽어 400년 넘은 섹스피어가
산 사람처럼 다시 일어나
로미오와 줄리엣을 내세워
신세대 사람을 먹여 살린다
명화극장 관계자들과 출연진
작가, 연출가, 배우, 평론가,
조명발 받은 사랑 이야기
새로 살고 또 살아 사람마음 사로잡네

오늘날의 변화를 엘빈 토플러는 역사적인 시각으로 파악해 물결wave이란 개념을 3개로 구분하였다.

수천 년 전부터 수렵인, 어로인, 유목인 등이 탈 농업을 끝내고 정치 생활을 시작, 행정 시스템이 형성되고 나서 '문명'이 싹트기 시작 이것이 첫 번째 물결이다.

이어 약 300여 년 전에 이른바 제2의 물결이 일어났다. 기계가 발명되어 대량생산이 대량소비, 매스미디어, 대중교육 등이 확산되면서 공장식의 시스템 토대를 둔 생활이 전개된다.

이것이 제2의 물결이요, '제3의 물결'은 탈 대량화된 사회라고 말한다. 팽배한 개인주의와, 단절된 개인과 개인의 홀로 작업과 혼밥 시절인가 싶다.

기계 속에서 만나야 되고 기계 속에서 숫자 개념을 모르면 자연 도태되는 무서운 장래가 우리들을 기다린다. 지금 노동 인력이 줄어들어도 되는 기계화된 사회 우리나라 경우를 보아도, 인구는 줄어드는 양상이 제4의 물결을 예시한다.

자동차 무인운전 시대가 온다하지 않던가? 기계가 자동화가 인구를 밀어내는 시대로 급물살을 탔음을 예시한다.

# 제3의 물결

엘빈 토플러 단언하는 미래의 바람 타고
제3지역 물살에 밀려 온 기계치들 두고
미래를 향해 빠르게 흘러가는구나
낯모르는 손을 잡아야 하는 홀로그램 지역
허우적이며 좌절을 감내하는 모습
지쳐 저지르는 폭력과 테러에서 살아남을 방법은
마술의 터널을 지나 듯 미로를 걷는다
대중을 실어다 부린 시대의 흐름이
결국 전자세계에 간히는 날이 되나?
비약의 시점에 홀로 살아남기 위한 몸부림
아, 그리운 옛날이여!

**빌 게이츠가** 매일 자기에게 최면을 걸었다나! '할 수 있다, 나는 어제의 내가 아니요 오늘 더 잘할 수 있다'고. 세상이 나를 위해 있으며, 하느님께서 나를 지원하고 계시고 늘 살펴주시니 늘 대단한 힘을 얻어내는 긍정의 힘.

일단 사람은 나면 먹어야 산다. 먹는 것은 일과 노력의 힘이다. 내가 먹어야지 누가 대신 먹어 줄 수 없다는 한 가지만 봐도 자연의 순리가 바로 '내 먹을 것은 내가 책임져야지 그 누구 대신 해줄 수 없음'이 분명하다.

내 입은 옷은 어디서 왔을까? 자연의 섬유 목화를 생각해도 솜이 되기까지 천이 짜이기까지, 얼마나 많은 노동자가 땀을 흘렸을까? 그려지는 상황이다. 또 옷이 되기까지 많은 공정과 인력.

나는 많은 노동의 힘을 빌려 먹고 마시고 입었구나. 세상의 역할분담이 상세히 그려지는 오늘의 현실에 나 또한 동참한다는 기분으로 공부하고 사회 일원이 되기까지 열심히 해야 된다는 결론이다.

# 사람 옆에 하느님 계신다

높은 곳에서 살피시다

아니다 싶으면 벼락 몽둥이로 내려치시고

꼴사납다 싶으면 천둥 회초리로 때려눕히고

허구한 날 하늘이나 배회하시나

내리치는 빛과 어둠

오른쪽 왼쪽을 나누어 주신 것은

악과 선을 구별하심인가

동서남북은 무슨 사연으로 나누시고

음양으로 상하로 앞뒤로 가르시고

봄 가을 여름과 겨울의 분명한 온도차이

무슨 뜻일까, 갸우뚱해보며

보이지 않는 선과 악을 무섭게 다루시나

언제 그 많은 공부를 다 하나?

그 공부 다 하면 세상 졸업인가?

**모든 여건**이 갖춰진 가운데 생활수준, 학벌까지 모자람이 없는 사람 있을까? 물론 있기도 하지만 생활하다 보면 뭔가 미비한 무엇이 있기 마련이다.

그러나 그것을 이루었다, 보다 '극복했다'가 성공이라 할 수 있다. 누구나 긴 인생을 살다 보면, 불행이 주기적으로 오기 마련 그래도 행복이 오리라 하는 믿음 때문에 참고 기다린다. 불행은 불어가는 바람인 것이다. 불어 가버리면 잔잔한 행복이 찾아오는 것을, 마음먹기에 따라 행복을 손 놓지 않으면 된다.

행복은 각자의 마음 안에 있으니 아무도 개인의 행복을 어찌해 볼 수 없다. 남들이 보기에 여건이 참 좋은데 조바심하며 스스로 불행하다는 사람이 있다. 전혀 행복해보이지 않아도 즐겁게 낙천적으로 사는 사람도 많다.

후자의 길을 간다면 주변의 사람들까지 행복바이러스에 감염되어 행복해지리라, 뒤돌아보니 참 짧은 인생이다. 여러분은 스무 살, 이제 시작이다.

# 유산

새들이 버리고 간 욕심 줍지 마라

기러기 나란히 날아가는 위계질서를 배우며

백 년도 못사는 걸 악의에 차 분개하냐?

따뜻한 봄 날 푸른 잔디에 앉아 벚나무 그늘에

꽃을 보듯 너를 보며 쓰다듬던 손맛으로 살다

하얗게 핀 백합의 향기나 솔솔 맡아 마음을 씻어

하늘 보고 별보고 달 보듯 햇빛 쏘이며 바람맞아

웃고 살다 가기 바쁜데, 갈 때 되니 너무 짧아

주일과 주일 사이 7일이 하루 같아

바람이 주는 세월을 흔들고 서 있는 나무들과

사랑을 키우다 가기 알맞게 남은 시간이야

**살며 사랑하고** 먹고 마시며 살아가는 의미가 무엇인지? 그게 아마 행복 아닌가? 더 커서 배운 후 알게 되겠지? 혹여 아주 깨닫지 못하고 살 수도 있겠네?

늙어 고부라져 무엇 때문에 사는지 이유를 모른다면 깜깜한 밤길 걷는 식으로 너무 막막할 것 같아. 늙어 내가 사는 이유를 모르는 문제를 지금 생각하며 이 시를 읽어보니 아무 것 이루지 못하고 건강마저 챙기지 못하는 잘못 산 여독이 이렇게 처절하게 깊은 불행을 초래하는가?

몸과 마음의 자세가 반듯하고 삶을 의욕적으로 살았다면 반듯한 육신과 나이와 걸맞은 건강을 지속적으로 유지할 것을 명심해. 그리고 기회가 아직 창창한 나이니 앞에 긴 내일이 있다는 것도.

세르반테스의 '태양이 비추고 있는 동안 건초를 만들라.'는 말이 생각나네. 시간이 기다려주지 않으니 시기를 놓치지 않고 우리의 할 일을 여유 있게 잘 해두자는 말이지…

# 진찰

순수 백의민족이라고?

지금 네 다리로 걷는 사람이구

아~ 입을 크게 벌려

기둥뿌리 다 어디가고 실뿌리 물을 찾아 떠났네

깜박여 봐, 나비 보여?

아! 훨훨 나비 눈 앞에 와 날고 있네

가슴에 앙상한 갈비 사이 맥박은 정상인데

동맥은 지나가고 정맥은 숨었네

갈 때는 가지만 올 때 힘들어서

목발 짚어 아마 오고 있을 거야

팔 들어봐. 아! 근육이 물렁한 걸 보니

사랑을 전혀 않고 살았나? 그게 살며 필요하거든

다리 벌려 봐. 평소 운동을 하면 근육이 생기는데

마모된 근육은 소생이 불가능해 늘 사랑을 실천해야지

굽은 등뼈는 바지랑대 역할을 포기해 엎어진 거야

네 발로 사는 수밖에 별 수 없네

한껏 기분을 업시켜 힐링에 몸 붙여야 살지

생각의 골이 깊어지는 사춘기엔
모든 것이 불만스럽게
마음을 찔러대 화나고 심술난다.

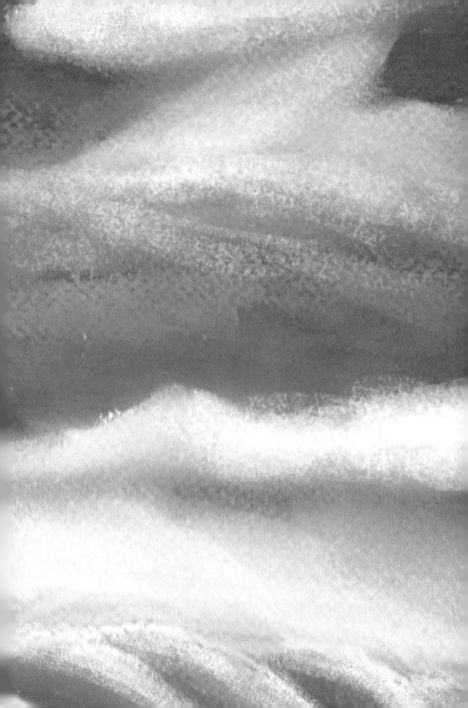

어른 되기가 참 더디다. 세월이 멈춰 서서 시험이다. 춥다 덥다, 어려운 인생 숙제를 골고루 주는구나. 틈틈이 생기는 심부름. 이거해라 저거해라, 씻어라, 일어나라, 먹어라, 양치하라, 옷 갈아 입어라, 게임하지 마라 전화하지 마라, 빨리 와라, 늦지 마라. 성적 나쁘다고 용돈도 거절당하고, 온통 명령에 잘 못한다는 말.

어머니 독경은 끝나지않아 광활한 사막을 혼자서 걸어가는 기분이다. 아니 비오는 진구렁이 우산 없이 비맞아가며 걷는 기분이다. 잘한다는 말은 유치원 다닐 때 들어본 기억이다.

학교에서 볶이는 것은 마찬가지 과목별로 남과 비교만 당하고, 숙제 충실히 못했다는 평가만 받고. 이게 뭐야, 하늘에서 뚝 떨어져 아무도 없는 곳. 홀로 외로운 새 한 마리 누구에게 호소할 곳 없네. 즐겁지 않구나. 별 볼 일 없는 나인가?

내게 행운 불어넣어주는 자 없을까? 내게 가슴 뜨거운 희망을 깨우쳐 줄 누구 없나? 나에게 용기를 주는 사람 없나요?

# 별 볼 일

걷기가 왜 이리 더디냐?

별 볼 일 없어도 가야 되는 곳 너무 많다

학교에 가면 어제 같은 오늘로 이어져 지루하고

쓰고, 베끼고, 읽고, 숙제검사, 당번 아 따분해

밤엔 일없는 별을 보며 발걸음을 집으로 향해 오면

별 볼 일 없는 어머니 독경을 들을 것이며

창을 열면 별들이 쏟아져 내 방에 들어 와

별들의 아름다운 꿈 이야기 들어 볼 시간 없이

매일 바쁜 일정이 나를 끌고 다니며 엿 먹이네

별 볼 일 없는 하루가 별 볼일 없이

어른을 향해 걷기가 너무 더디다

우리나라 부모들은 자식에게 지나치게 집중한다. 아주 어릴 때 제 자식은 천재 같고 학교에 가면 바보 같아 불만이 터진다. 의연하게 지켜보면 안 되나? 나름대로 터득해가며 발달의 기회를 알아가는 과정을 아이에게 주면 안 되나?

가만 둬도 말 배웠고, 대소변도 가리지 않던가. 강요해도 능력의 한계는 있어 그 이상도 이하도 아닌 것을, 괜히 강요하면 자식과의 갈등만 생긴다. 오히려 역효과로 오기만 생겨 공부와 멀어지고 부모 싫어하는 일을 골라하는 불상사가 생기는 일을 본다.

점층식 발전을 권유한다. 모든 것은 순서가 있고 한계가 있다. 자연의 순리가 가장 안정적이다. 가족의 사랑 속에 무언의 책임을 스스로 느껴 최선을 다 하는 사람으로 성장할 것을 권유한다.

# 혼났다

들었던 잔소리 누구에게 되돌릴까?

공부, 공부, 공부, 학원, 학원,

화 나 툴툴거리다 돌 걷어차니 내 발만 아파

까칠한 내게 불붙어 활활 타는 가슴

시험 망칠 것 뻔한데 어쩌지?

화풀이 심정 아무도 몰라주니

분노 플러스 실망인가

어른들이여 해방시키시오

바락바락 들이댈 수 없고

자식이라는 미명에 매일 먹칠할 수 없으니

다 죽은 기분 약은 있나요? 기분 별로네요

때리지 맙시다, 말없이 기다려 주시오

때 맞춰 칭찬하시고 적당한 용돈도요

여자 친구 빵 사줄 돈 정도는 챙겨 주시오

생각의 골이 깊어지는 사춘기엔 모든 것이 불만스럽게 마음을 찔러대 화나고 심술난다. 행동의 제한을 받는 아이라는 틀을 벗어나고 싶은 의지가 강한 때, 교육적인 취미적인 모든 여건을 동원해 이 시기를 지혜롭게 보낼 사전 교육을 주변에서 대비해야 된다.

혹여 빗나가기 쉬운 이때를 잘 지낼 수 있는 배려는 어른들의 몫이다. 밀착된 존재는 가족이나 친구 등이다. 책을 읽는 것, 적당한 소설을 읽어 심화를 풀어주는 내용을 익히는 것, 누구는 길게 누구는 짧게 지나간다. 환경에 따라 농도 또한 다르게 지난다.

결국 지나는 과정을 겪어야 되는 기간, 본인이 극복하는 빠른 길, 심리적인 교육이 필요하다. 또한 취미에 몰두해 바쁘고 즐기며 지내는 수도 많다.

연애편지를 쓴다. 가상의 애인이라 해도 좋다. 자기를 소개하는 글을 쓴다. 사회에 나가 내가 하고 싶은 일을 구상해 쓴다. 어른이 되기 위한 문제를 구상하며 쓴다면 좋은 안정을 찾으리라.

# 사춘기 1

꽝! 소리 나게 문 닫았지만 속이 안 풀려

씩씩대다 보니 아무 원인도 없이 뭐야

학교에서 사춘기의 심리 들었는데 내가

가슴에 손을 대 분석을 하니 부끄러운 낙서

이유 없는 반항이 시작된 거야, 사춘기?

특별한 나라고 자부하던 내가 속된 누구와 같다면

너도 별 수 없다는 손가락질이 보인다

아니다 정신 차려 의젓한 나로 돌아가자

여자들은 괜찮은 남자를 좋아하겠지?

**성장할 때** 자기가 어린이라는 생각은 안 들어 소꿉놀이할 때 엄마 아빠 어른으로 등장한다. 사춘기를 잘 보내야 정착의 속도 빠르게 진정되고, 더 열심히 사는 법을 익힌다. 자기의 장래를 설계해 나가는 연습 아닌가?

남보다 매사에 앞서 가야한다는 욕심이 발동하여 최선을 다하고, 심지어 친구에게 은근히 노력하는 것을 들키지 않으려는 수법을 동원한 적이 없는가?

사람은 누구나 자기본위다. 우선 나이고 차후에 부모요, 형제요, 친척이요, 친구요 이런 순서 아닌가. 심지어 최초의 경쟁자는 형제라는 말이 괜한 말은 아니다.

사춘기에 이성을 그리는 성정은 건강한 청소년에게 자연스럽게 다가온다. 또한 자연스레 받아들여야 하는 성장 과정이다. 오히려 어른이 되어간다며 기쁘고 즐겁게 받아 자연스럽게 마음을 건전하게 수신함이 옳다. 생리적인 또는 환경으로 극복하는 지혜를 배려해주는 주변 역할이 중요하다.

# 사춘기 2

교실 청소 대충 때우고 정식이 주먹질에
칠판 여학생 입에 하트를 붙여주고
큰 하트 라인에 담아 친구들 박수 받았는데
여학생을 그리는 마음과 손, 내 마음 들켰네
여자를 좋아하는 별종이라 취급하면 어쩌지?
오가며 생각에 걸려 넘어질 뻔 했네
생각과 몸이 따로 노는구나
한때라 하셨으니 얼마 지나면 나아지겠지
부모님에게 사춘기 들키지 않고 지나야 하는데…

**가끔 상상 안 되는 세상**을 고민해본다. 그것은 생각의 갈래들이 많은 사람으로서 자연스레 일어나는 일이다. 잘 살기 위해서이고 또는 궁금한 미래를 설게 해보는 삶의 연습과정이라 하자.

여자 사춘기, 남자의 사춘기 종목지울 수 없지만 나름 어른이 돼가는 과정이라 할 수 있다. 모든 일은 연습, 또 상상 속에 내 인생이 들었다 하고 좋은 쪽으로도 생각하지만, 나쁜 쪽으로 상상되는 과정을 거친다.

이 얼마나 가슴 뛰는 일인가? 불안하고 아득한 일이다. 더구나 자기 자신이 지금 불안한 상태라면 더욱 그렇다. 성장기에 자신이 마음에 드는 경우도 있지만 자신이 없고 남과 비교하는 눈이 떠진 때 더욱 그러하다.

쓰자. 극복하는 방법을 읽고 쓰는 경우에 치유가 빠르다. 장래 함께 평생의 배우자. 건강하고 착실한 사람이면 좋겠다고 생각하면, 나는 그보다 더 착하고 성실한 사람이 되어있어야 되지 않을까?

# 사춘기 3

미나, 중학교 때 내 짝 어떻게 지내나 궁금하다
있을 때 잘 하라는 말 생각나는 지금 전화할까?
못되게 굴었는데 '노잼'이라 골렸는데
밥보다 맛있는 케이 팝  '달에 홀린 피에로' 가 아니라
갑자기 미나 생각에 팔려 밥맛이 없다

어른들이 장가가고 시집가는 이유를 알만하다
내가 무슨 생각을 앞세우나 얼굴이 화끈 달아
이 모습 들키면 안 되는데, 저녁먹자는 엄마
얼굴 볼 수 없구나

사회를 이끌어야 되고 가정을 꾸려야 되고
생각만으로 힘들어 어른 되기 싫다,
부모노릇 하려면 더 어렵겠지
내가 벌써 무슨 걱정을 하는 거야?
차곡차곡 어른 연습하는 셈치고
잘 해보는 거야 어른스럽다는 칭찬 들으며
스스로 잘하는 거야 그게 내 할 일 아닌가?

어느 불교철학자 '모든 문제의 답은 어린 시절의 경험에 있다.' 는 말이 적중한 것 같다. 그래서 조기학습에 최선을 다하는 것이 오늘의 유행인가 싶다.

지금부터 한 70년 전만 해도 교육환경이 열악해 볼 책은 교과 외는 전무였다. 그때 국립중앙도서관이 하나였던가? 대학에 대학도서관이 있었나, 잘 모르겠다.

그런 정도로 교육의 모든 조건이 열악했는데, 지금 곳곳에 도서관이 있는 것을 보며 부러운 생각 든다. 시설 또한 장난 아니게 동네마다 거리마다 쉬면서 책 볼거리가 군데군데 오픈돼 사람을 기다린다.

또한 과학도서, 신간코너, 잡지 코너, 신문 봇물처럼 쏟아져 진열된 것을 보며 모든 사람이 문화의 혜택 안에 생활하는구나 실감한다. 남녀노소가 동등한 입장이 되어 문화혜택을 마음대로 누리며 사는 좋은 세상이다.

청소년수련관 공짜로 드나드는 도서관 신간 서적을 5권씩이나 빌려주니 얼마나 좋은가? 운동할 수 있는 시설이 단지마다 아파트마다 넘칠 정도. 왜 이렇게 낭비되도록 좋은 시설이 생기는 거냐? 평생교육이 시청, 구청 실시된 오늘의 복된 시설이 오랫동안 유지되길 빈다.

# 뽑히는 세상

제일 잘난 사람이 대통령인가?
나라에서 한 사람만 뽑는 대통령
삼권분립 민주주의 우리나라 통수권자로
국민 모두가 투표했으니 내 손으로 뽑은 셈

학급에서 반장을 뽑아 우리 반 대표로
학생회장을 내손으로 투표했으니
노래 잘하는 내 짝은 합창대원으로 뽑히고
무용 잘하는 미희는 무용반에서
수용이 그림 잘 그린다며 미술부에 뽑히고
나는 아무 쓸모없는 뒤퉁꺼리인가?
장차 무엇을 해 직업을 삼을지 당황스럽네

사는 것 쉽지 않을 듯, 부지런하고 성실하면
무엇이든 하고 살겠지, 정신 차리자
스스로 위로하고 당당하게 사회에 적응하고
진실하고 열심히 하는 사람은 사회가 알아주니
말썽피우지 말고 우선 공부 열심히 하자.

삶의 활력은 휴식이다. 일에 집중하다 보면 휴식이 부족할 수 있는 시절이다. 더구나 학교 과정이 있어 스스로 편중되는 것을 고려해 시간을 설정해야 한다.

적당한 휴식이나 운동은 능률을 가속시킬 수 있다. 시간에 얽매어 몸이 따라주지 않으면 역효과로 이어진다. 생활의 탄력을 주기위해 영화, 연극, 음악으로 심신을 달래는 것, 인생 삶의 보람이 된다. 스스로 취미에 몰두하는 것, 정서생활의 함양으로 이어진다. 여행 수영 관광 즐기며 사는 것, 문화인의 기본 아닌가?

선진국의 대열에 드는 것, 문화 수준을 높이는 것 아닌가? 꽃을 팔아 연극을 본다는 고전 서양의 속담이 있지 않던가? 천당은 멀리 있지 않고 자신의 마음에 있다는 말 실감이 된다.

# 봄 방학

짧아서 더 맛있는 방학인가
눈치 볼 일 없이 외출할 수 있는
밝은 해 옆으로 나오라 하니
참을 수 없는 자유의 물결 붕붕 타고 날아
머릿속 친구들 줄줄이 나타나 씩 웃으며 지나간다

어머니, 저는 사라져 연락 두절입니다
참고하시고 전화 오면 모른다 하세요
들인가 산인가 음악인가 오늘은 내 날이에요
고삐는 내 방에 고이 걸어두었네요
하늘은 전부가 내 하늘
세상에 핀 꽃은 전부가 내 꽃입니다

**즐거움을 향해** 내가 언제 어디서 어떻게 변화될 수 있을까? 모르는 불안 속에 애써 즐거움과 행복을 접어두고 우선 죽을 둥 공부한다. 기회만 있으면 자유롭게 훨훨 날아 즐기고만 싶다.

일기를 쓰며 자신을 통제한다. 기억을 전수하고, 기쁜 마음이 되는 법, 그리움을 이기는 방법, 이별의 슬픔을 이겼던 방법까지도 알려 공유한다.

사는 것은 어떤 의미를 찾아가는 과정이 아닐까? 자신을 찾기 위한 공부를 하는 게 아닌가? 결국 잘 살고, 기쁘게 살아 행복을 누리는 일이 가장 중요한 목표다. 라고 나름대로 단정지어본다.

지금 비록 어렵지만 '살다보면 즐거움이 내 것으로 다가오지' 하는 희망의 끈을 놓지 않고 가보는 거다.

# 하나의 세상

처음부터 뭔가가 잘못 되었어
하느님 왜 하늘과 땅을 갈라놓았을까?
한 덩이로 굴러가면 하나의 진리가 통할 걸
잘 하고 못하고가 갈라지고 둘로 갈라져
합치기 어려운 두 덩이 세상 합치기 어렵다

남쪽에선 북쪽만 잘못이라 공격하고
북쪽에선 남한을 공격해 치고 받고 욕하고
한솥밥 먹은 자들 자고 일어나
사랑하여 잘 살아보자는 데 누가 싫다할까?
함께 바라보며 한마음으로 살면 될 것을…

**헤어져도** 만남의 가능성은 있다 이별의 슬픔을 배운다. 무엇이든 클 때는 경험이요, 경험이 익으면 좋은 교육적인 체험이 저장된다. 생활의 중요성도 함께 배우며 날마다 몸도 마음도 큰다. 누가 키워주는 게 아니라 저절로 큰다.

그렇지만 육신을 위해서 매일 음식을 섭취하지만, 영혼과 정신을 키우기 위해 독서하며 시도 써서, 영혼의 양식을 공급한다. 바라는 꿈을 실현하기위해 목적을 세우고 목적하는 고지를 향해 노력을 하는 모습은 우리의 기본자세다. 능률을 내기위한 노력은 단계적으로 농도를 조절한다. 얼마나 힘든가? 요즘 좋은 성적을 위해 밤잠을 설치는 일 얼마나 많았던가?

목적 설정이 잘못되어 실패하는 경우도 있다. 그러나 소홀할 수 없는 사람의 길, 초등서부터 만나고 헤어지고를 배운다. 초등학교에서 반 편성으로 헤어지고, 중학교 때 각 학교로 헤어지고, 고등학교에서 우정이 뭔가를 알 때, 전학이나 대학으로 흩어지고 앞으로 직장으로 흩어질 일이 남았다. 그뿐인가 죽어서 이별하는 일이 누구에게나 싫은 이별이 다가온다.

# 친구야

어느 날 우리 만나 숲속을 달려 세상과 멀어져
부둥키고 헤어지지 말자고 서로 손가락 걸었지
그때 참 무서웠지만 네 앞에서 당당하고 싶었어
환경이 우리를 갈라놓아 해운대로 가버리고
네 빈자리에 나 앉아 하늘을 본다

대학은 자유, 그 문에서 기다려
잘 있을 거라 믿지만 예측할 수 없어
뜻이 자라면 열매가 되고 그 열매 씨를 품어
어느 땅에 뿌려져도 잘 될 거라 믿어
스마트 폰이 우리 소통의 다리니까
건너와 해주는 말 우리 만날 수 있다

거울 속의 나를 대할 때 모르는
누군가? 생소한 느낌으로 비춰진다.
너 누구야? 묻고 싶고
갈 길 모르는 거울 속의 너 맞아?

**음력 설 지나** 대보름 전에 냉이국 세 번을 먹으라는 말이 있었
는데, 요즘은 봄이 한 걸음 더 빠르게 온다. 산수유 제일 먼저 핀 다
음 개나리 피고 백목련 핀 다음 벚꽃이 피고 핑크빛 꽃들이 좍 피는
데, 요즘은 기후가 아열대성 기후가 되었는지 거의 동시에 이색 저색
의 꽃이 핀다.

봄이 되면 생명이 있는 모든 것들은 새롭게 새 기운을 피워낸다. 사
람들도 무거운 옷들은 벗어버리고 가볍고 멋스러운 옷으로 갈아입지.
겨울에 움츠렸던 몸을 풀고 활보해 본다. 겨울 추위를 잘 견뎌 낸 저
력을 과시하는 생물의 근성인지 모른다.

어쨌든 계절의 변화에 적응하는 본성이랄까? 모든 산야가 새로운
칼라 산뜻하게 변하여 활기 넘치는 계절, 능률이 나고 새 힘이 솟구
치는 때 사람 또한 즐기며 살자.

# 봄이

샛노란 봄, 개나리 스크럼 짜고 쳐들어 와

중앙공원 산책로 줄줄이 진을 친다

바람 타고 놀러 온 개나리 천국이네

개나리 닮은 사람들 사진을 찍어

카톡에 올려 전국에 뿌린다

꽃잎 사이 봄이 드나들고

몰아가는 바람에 달려

노란 꽃잎 서둘러 가버리네

떨 군 자리에 이파리 자리 잡네

초록 옷 입고 푸른 꿈꾼다

목련, 벚꽃 배시시 웃는 봄 날

봄빛이 눈에 와 익는다

**거울 속의 나**를 대할 때 모르는 누군가? 생소한 느낌으로 비
춰진다. 너 누구야? 묻고 싶고 갈 길 모르는 거울 속의 너 맞아? 모르
는 제3자인가? 불안 요소로 태어난 불확실 속을 걷는 무엇인가? 모
르는 무엇이 지배하는 것을 안다.

　의문이 다가와 나에게 묻지만, 나는 아는 것이 없다. 모르는 것은
무언지 전혀 한계가 없다. 알지만 대처할 방법을 모른다. 그것을 깨닫
는 사람에게 살아 갈 방도가 생기는 걸까? 궁지에 몰렸을 때 큰 경험
을 얻어, 일생 잊지 않고 지켜나가는 방법에 조금씩 눈 뜬다.

　우리 당황했던 경험을 써 보면 착오와 실수가 잊지 않는 교육이 된
다. 글쓰기를 열심히 하다보면 문장력이 생겨나고 터득하는 능력이
신장된다. 자기를 돌아보며 깨닫는 일은 참 중요한 일이다.

174

# 손거울

너 누구야?
낯 선 놈 달려 나와 눈빛을 쏘네
들켰나?
머리 어디쯤 들어 있는 나쁜 놈 미운 놈
쥐어박아주고 싶은 분통 아직 끓고 있는데
가슴쯤에 박힌 연분홍 꽃 마음 연정 한 움큼
그래 아침에 급히 먹어치운 빵조각과 우유
꼬르륵 뱃살 어디 쯤 소장인가 대장인가에
잠복해 온갖 통로로 뻗치는 정신을 자극하여
세상을 맴도는 기운 운전하여 돌았던가?
무릎 흉터 감싼 표피 뚫고 나오고 싶은 피
단단히 조이고 있을 근육과 핏줄
거울 속의 비밀은 언젠가 깨지기 마련

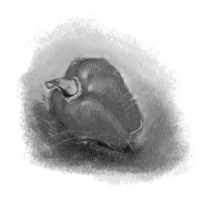

**무엇이나** 처음부터 잘하기 어렵다. 적극적인 마음가짐이 중요하고, 환경이나 조건 등 많은 이유로 좌절할 때도 있고, 좌충우돌左衝右突하다 보면 목적에 다다를 수 있다. 목적을 설정하는 게 잘하는 일인가 또는 잘 못된 일인가 따질 수 없다.

왜냐 하면, 안 되는 일이 더 많은 세상 살기다. 어떻게 장담할 수 있나? 물은 건너 봐야 깊이를 알고, 산은 올라가 봐야 높이를 아는 게 아닌가? 안 되면 거짓이 되고, 되어 봐야 결과를 말하지. 아무튼 오늘 자체도 앞 일 어느 것도 장담할 수 없다. 그래서 얼버무려 장래 상황을 꿈꿔 희망이라 칭하나보다. 가능성을 향해 매일 조금씩 가다보면 다다르는 정점에 귀착되겠지? 스스로 최면을 걸어본다.

# 강아지 출발

할머니가 호호 강아지 내 강아지
내 알아들을 수 있을 때까지 강아지인 줄 알았지
강아지가 사람이고 사람이 강아지? 헷갈리는 호칭이
어린 나를 장악해 내 이름은 강아지?
빗발치는 웃음 속에 파묻혔다

입학하여 찾은 내 명칭
생소한 이름에 어리둥절
웃음거리에서 이름 얻었으니
누구처럼 달려보는 거야
누구처럼 짖어보는 거야
한 가지 잘 하다 보면 두세 가지로 늘어날 거야
그게 잘 할 수 있는 가능성이라는 거지…
출발한 강아지
당당하게 세상을 향해 달린다

**비록 백 년도 못살지만** 천 년을 다지는 희망의 성, 경주나 서울에 많다. 보물을 설계해 길고 긴 장래를 설계하는 인간의 속성을 보라. 중국은 왜 만리장성을 쌓았을까?

뒤를 보지 말고 앞을 보자. 시간적 여유가 없다. 귀신, 도깨비, 만신이 훼방 놓으려 온다. 뒤돌아보지 말고 너의 희망과 목적을 향해 돌진하라.

그러다 보면 여기다 싶은 곳, 산 좋고 물 좋은 거기 너를 기다리는 행운과 만나는 거야. 내 감성을 피력해 쓰며 모든 소망을 글 속에 마음 내키는 대로 글을 따르다보면 만족을 누릴 수 있다. 글 쓰는 일은 욕심을 한없이 부려도 되기에 자유롭다. 누구에게도 피해를 주지 않고 소유욕을 맘껏 부려도 되는 풍요 속에 사는 사람, 행복하다고 자부한다.

'지난 일에 집착하지 말고, 미래의 일도 생각하지 말라. 다만 현재를 보라.'

# 앞만 봐

뒤엔 험상궂은 악마가 너를 쫓아와
돌아보지 마 돌아보면 요술에 걸려
소금인형으로 굳어 동화책에서 나왔잖아
앞만 보고 달리기도 모자란 시간

중학교에서 못다 한 일
어제 못다 한 일 다시 하라며
끝없이 쫓기는 몸
뒤 돌아 보지 마 쫓아오는 도깨비, 몽당귀신
던져 줄 보물도 없잖아

낮엔 해가 마중 나와 너를 비춰주고
밤에 별 달이 번차례로 너를 안내한다
구름 길 헤치고 꽃피어난 사이 길로
꽃바람 타고 가다 여기다 싶으면 내려
거기서 백 년 살 집 지어 살아보는 거야

**사람이 잘 나** 세상을 멋대로 누리고 살지만, 결코 자연의 지배를 받는다. 눈비를 막을 수 없고, 사계四季의 힘을 져버릴 수 없다. 봄이면 작은 풀꽃 어림없는 산모롱이 풀섶 살포시 피어 혼자 사는 것을 본다.

빈틈없는 자연의 힘, 훌륭한 인간 누구라도 자연을 거부할 수 없다 위대하고 절대적인 자연의 힘, 인간 기준으로 마구잡이 개발에 땅 속에서 부터 하늘 길까지 자연을 철저하게 점령해버린 오늘의 세태, 자연의 트집이 생길지 인간으로서 불가항력不可抗力인 자연의 이변이 우려된다.

마음대로 굴을 파고, 마음대로 산을 뭉개 고속도로를 내고. 개펄을 없애고, 세상 사람만의 것이 아니다. 미물 짐승 곤충 꽃 나무 풀 세상의 모든 생명, 끝도 한도 없는 생명들이 다 지구에 몸 붙여 사는 생명이기 때문이다. 자연 예찬하며 순응해 살았으면 한다.

# 비 온다

지구는 울고 싶어 세상 빗물로 적시나
주룩주룩 울다가
새록새록 슬퍼서 시나브로 뿌리는 가랑비
처진 어깨 주물러주는 보슬비
오락가락 소낙비 장난치고
거리 풍경 안개로 싸매 달아난 하늘

오랜만에 빌딩이 선채로 샤워하나
번들거리는 도로 번들거리는 차들
사람들은 오색 우산 속에 숨어 간다
이런 날 해는 물러 앉아 휴식을 즐기나
죄 없는 나무들 비로바람으로 흔들려
지금 게릴라성 비 정권이 세상 지배 중

**요즘엔** 제비를 볼 수 없다. 옛날 전깃줄에 나란히 앉아 부리를 맞대 지저귀던 소리 쟁쟁하다. 서까래 밑에 예쁜 제비집을 지어 새끼들에게 먹이를 물어다 먹이는 제비 부부를 보면, 가족들의 다정한 사랑이 보인다.

서로 먼저 달라고 벌린 부리 안에 한 점씩 골고루 먹이는 제비 부모, 사랑의 완성이 작품으로 다가 온다. 누가 가르쳐 준 율법이 제비를 지배하나.

뭐야 사람들 서로 싸운다. 가족이 재산 문제로 싸우고 여야 정치문제로 싸우고, 새 만도 못한 사람이 등대고 산다. 언제 무슨 전쟁이 터져 비명횡사非命橫死가 벌어지나 불안한 마음이 생긴다.

만물萬物의 영장靈長인 사람이 제일 미련하게 사는 듯싶다. 유리한 쪽으로 머리 굴리다 제 꾀에 넘어지는 것인가 쓰며 반성하고, 쓰면서 익혀 진취적인 성장의 길로 가자. 남을 이기기는 노력하면 되지만, 자기를 이기는 것은 정말 어렵다. 희생이 필요하다.

# 그리운 제비

발자국 없이 허공을 가로지른
이별의 울음소리 남기고
산 위 구름만 있는 너머 나무로 휘장을 친 그 뒤로
이별의 꼬리 감추고 날아갔지
오늘 어제되어 사라지고 내일이 온다
살아 날아간 하늘 파랗고 여전하다

아직 감감 무소식
봄인데 삼진날 지났는데
머리를 흔들어도 제비노래 지워지지 않아
삼삼오오 제비 발자국 찍힌다
옛 소리 그대로 아직 울고 있니?
네 이름 지워지지 않고 바람 분다

　내 존재의 가치는 사춘기를 지난 후 알게 되나? 어른들의 구령에 의해 먹고, 입고, 자고, 학교 가나, 밝은 모르는 어둠의 천지를 디뎌 오가며 살았던 징검다리 건너가듯 무섭고 아슬아슬했나.

　모르는 저곳은 늘 아득하다. 아는 한계도 모른다. 그것이 사람의 모습이다. 매일 개미 쳇바퀴 돌고 도는 생활이다. 남을 무시하고 혼자 잘 해보겠다는 모험심 때문에 주변 사람을 힘들게 할 수도 있다.

　천재가 세상을 편리하게 할 수 있을지 모르지만, 사람답게 정다운 행복을 선사하기는 어려울 수 있다. 세상이 경쟁을 부추기는 혼란 속에 인간임을 스스로 느끼지만 어쩔 수 없이 감내하는 괴로움은 있다. 자신의 노력이 헛되지 않기를 바란다.

# 누구야?


최초 심지에 불 켜 태어난 것 모르고

무얼 할 것인가를 알고 싶지만 모른다

싱글벙글 웃었지만 이유를 모른다

집 속의 물건들이 눈에 들어와 일해주고

끼니를 담아 온 음식을 움켜 먹었고

낯 선 사람은 밖에서 살고

익힌 얼굴 서로 어루만져 함께 자는

반복해 사는 가족인 걸 알기까지

수세기를 건너온 하늘의 구름을 보며

여기저기 핀 꽃을 마구 뜯어내던 실수와

우유를 먹고 오줌을 싸며 큰 내력이

과연 무엇을 위한 어디서 온 누구야?

컸으니 말해 봐

하지만 모른다

**지상낙원은 있나?** 있으면 어디인가? 사람은 행복할 권리가 있다. 사랑의 산물이기에, 나고 살고 죽고를 거치는 삼단계가 너무 험하고 힘들어. 부모들은 자기 살아 있을 동안에 자식을 어느정도 수준에 올려놓아야 안심이 되기에, 세상 인심을 믿을 수 없기에 치열한 경쟁이다.

경쟁에서 이기려는 지나친 과열이 부추기는 악순환을 끊어 낼 정책은 없는가? 이 문제가 해결되지 않는 한, 학생 청소년들 너무 불행하다. 우리가 현실로 보는 사실이다.

하던 대로 공부하는 사람 공부는 지속하고, 예술 방면에 진출한 사람은 최고가 될 때까지, 행복해지기까지 해볼 일이다. 서로 격려하고 북돋아주며 동반 발전하여 우리 모두 잘 사는 세계 속에서 우수한 행복 대국을 이루는데 최선을 다 할 뿐이다.

# 서열

세계가 경제 대국의 서열을 가르고
나라가 부자들 순서를 공개하니
고위층 중산층 서민층으로 이별했다
놀라운 세상의 계산법 수학을 괜히 배워
추락한 구렁에 들어가 비비적거리나

고위층이 추락해 서민층으로 떨어지니
보따리 싸 사방으로 흩어졌다는 보도
십상 보는 소식통이 고개를 쳐들게 했나

가르고 또 갈라진 상처 고춧가루 뿌리나
걷다 뛰다 타고 달려 가속 붙은 이별 천지에
뛰어든 유명세 고위층은 신문에 나고
쥐도 새도 모르는 서민층 죽음은 조용하다

미래예측 전문가 최현식이 쓴 책에서 어쩌면 청소년의 지침이 될만한 말을 인용한다.

첫째, 인공지능과 협력하는 사람이 인재가 된다. 둘째, 시간을 새롭게 디자인하는 사람이 인재가 된다. 셋째, 인류의 문제, 욕구, 결핍을 통찰하는 사람이 인재가 된다. 넷째, 통찰력과 상상력에 능한 사람이 인재가 된다. 다섯째, 인간과 기계 사이를 파고드는 사람이 인재가 된다. 미래학자의 미래지향적인 내용이 장래를 설계할 수 있는 능력신장이 되었으면 한다.

인생 평탄하면 발전을 놓칠 수 있다. 쓴맛을 먼저 알아야 단맛의 진가를 안다. 살면서 좌충우돌 않으면 인생 단맛에 젖어 자기가 쓴맛에 속했는지 단맛에 젖어 있는지 알 길 없어 무의미할 수 있다. 넘어져 털고 일어나 하던 대로 한다면 사람다워 보이지 않을까? 그리고 또 넘어지지 않기 위해 조심조심 인생을 살다보면, 잠깐 사는 인생 즐기며 사는 이론을 스스로 터득하는 모습으로 살겠지…

# 다시 해본다

넘어져 아픈 만큼 성장을 한다
넘어지지 않으면 고 맛 진가를 몰라
길에서 넘어지고
직장에서 밀려나 넘어지고
못생겼다고 밀쳐내 넘어졌던 너의 모습
독한 마음으로 돌변해 무서운 괴력이 생긴다
넘어진 것 명예는 아니지만, 실패 아니다
다시 일어나 걷던 대로 열심히 하면 돼
네 인생을 새롭게 꾸며준다
너머진 자리에서
다시 일어나 해본다

# 생각에 걸려 넘어지다

ⓒ2017 김용하

초판인쇄 _ 2017년 6월 26일

초판발행 _ 2017년 6월 30일

지은이 _ 김용하

발행인 _ 홍순창

발행처 _ 토담미디어

서울 종로구 돈화문로 94, 302(와룡동 동원빌딩)

전화 02-2271-3335

팩스 0505-365-7845

출판등록 제2-3835호(2003년 8월 23일)

홈페이지 www.todammedia.com

일러스트, 캘리그래피 _ 김익중

ISBN 979-11-86129-75-3